BAleLa

SOLAINE CHIORO

Balela

Copyright © 2025 by Editora Globo S.A
Copyright do texto © 2025 by Solaine Chioro

Os direitos morais do autor foram assegurados. Todos os direitos reservados. Nenhuma parte desta edição pode ser utilizada ou reproduzida — em qualquer meio ou forma, seja mecânico ou eletrônico, fotocópia, gravação etc. — nem apropriada ou estocada em sistema de banco de dados sem a expressa autorização da editora.

Editora responsável **Paula Drummond**
Editora de produção **Agatha Machado**
Assistentes editoriais **Giselle Brito e Mariana Gonçalves**
Preparação de texto **Ana Beatriz Omuro**
Revisão **Tarso Takahashi e Lorrane Fortunato**
Diagramação **Carolinne de Oliveira**
Projeto gráfico original **Laboratório Secreto**
Ilustração de capa **Monge Han**

Texto fixado conforme as regras do Acordo Ortográfico da Língua Portuguesa (Decreto Legislativo nº 54, de 1995)

CIP-BRASIL. CATALOGAÇÃO NA PUBLICAÇÃO
SINDICATO NACIONAL DOS EDITORES DE LIVROS, RJ

C467b   Chioro, Solaine
           Balela / Solaine Chioro. - 1. ed. - Rio de Janeiro : Globo Alt, 2025.
           21 cm.

           ISBN 978-65-5226-026-0

           1. Romance brasileiro. I. Título.

25-96089   CDD: 869.3
                               CDU: 82-93(81)

Gabriela Faray Ferreira Lopes - Bibliotecária - CRB-7/6643

1ª edição, 2025

Direitos de edição em língua portuguesa para o Brasil
adquiridos por Editora Globo S.A.
R. Marquês de Pombal, 25
20.230-240 – Rio de Janeiro – RJ – Brasil
www.globolivros.com.br

*Para toda jovem negra que precisou aprender o que é amor
(e para as que ainda tentam)*

Para conhecer o amor, precisamos dizer a verdade para nós mesmos e para os outros.
— *bell hooks*

1

Nunca imaginei que pudesse carregar toda a minha vida em uma mochila, uma mala de rodinha e três caixas médias, mas lá estava eu, com todos os meus pertences reunidos e pronta para começar uma nova fase.

O motorista do carro que me levou até ali me ajudou a colocar tudo para dentro da portaria, mas a solidariedade acabou por aí. Vi um cara entrando no elevador e gritei:

— Segura, por favor!

E ele continuou andando, como se nada tivesse acontecido. Chamei mais duas vezes, mas, mesmo quando virou de frente para as portas que se fechavam, vi que o cara fez questão de fechar os olhos, me ignorando solenemente só para não ter que ajudar. Quem faz algo assim? Que babaca!

Depois do malabarismo de colocar tudo dentro do elevador de uma vez só — o que acabou sendo até que tranquilo quando o porteiro, seu Manoel, apareceu para me ajudar — e de uma viagem desconfortável, finalmente me vi apertando a campainha do apartamento enquanto respirava meio ofegante e sentia o suor brotando na testa.

A porta abriu rápido e fui recebida por Lunito.

Quem o visse, com a pele negra escura e os longos dreads que iam até o fim das costas, não imaginaria que o homem estava no auge dos sessenta anos. Tirando os poucos fios brancos na raiz do cabelo e na barba, Lunito mal havia mudado no decorrer dos anos: ainda tinha a mesma aparência de que me lembrava da infância. O mesmo homem sorridente e de olhar doce que era o melhor amigo do meu pai sabe-se lá desde quando.

— Bonequinha! — disse ele, abrindo os braços para me receber em um de seus abraços acolhedores.

Eu odiava quando ele me chamava assim. Me sentia frágil e delicada, características que nunca achei que combinassem comigo, mas com o tempo aprendi a gostar do carinho que Lunito colocava no apelido e até comecei a me encantar com a ideia de que, pelo menos para ele, eu era, sim, uma pessoa frágil e delicada por quem ele moveria montanhas para proteger.

— Tá bom, padrinho, eu já tô ficando sem ar — brinquei, me afastando um pouco.

Ele jogou a cabeça para trás e fechou os olhos ao gargalhar, livre e intensamente, sua marca registrada.

— Sempre renegando meu amor, né, Pietra? — Lunito percebeu, enfim, todas as malas e caixas ao meu redor, e me encarou com a sobrancelha arqueada. — Sabia que me mandar uma mensagem avisando que estava chegando doeria *bem menos* do que arrastar isso tudo sozinha pelo prédio?

— Não foi completamente sozinha, o seu Manoel me ajudou depois que um vizinho seu foi bem mal-educado. Enfim, sou uma mulher forte e independente, tá bom? — Abro um sorriso enorme e forçado. — Agora coloca as caixas pra dentro pra mim, por favorzinho?

Ele revirou os olhos, mas não conseguiu conter o sorriso que começava a surgir nos lábios. Abrindo espaço para que eu entrasse no apartamento, Lunito foi pegar minhas coisas.

Eu já havia estado naquele lugar um milhão de vezes, conhecia cada cantinho do apartamento; ainda assim, a sensação foi diferente daquela vez. Não estava apenas fazendo uma visita rápida ou indo passar a tarde ouvindo fofocas da ONG onde ele trabalhava. Não, aquele lugar, que tantas vezes já tinha me acolhido, agora seria meu novo lar. Pelo menos por algum tempo.

E, além de um refúgio acolhedor, o apartamento do meu padrinho também era praticamente um museu do Semba, o antigo grupo de pagode dele e mais três amigos, incluindo meu pai e meu tio.

Na parede da sala, acima do sofá, ficava uma foto retangular bem grande dos quatro integrantes sorrindo e cantando em um programa de TV. Perto da televisão estava a capa do EP e do LP do grupo. No rack, vários troféus de premiações de fim de ano e um disco de platina, recebidos pelo grande hit de sucesso, que também deixava sua marca nas almofadas espalhadas pelo sofá, cada uma delas com um trecho diferente da música que embalou o Brasil nos anos 1990.

Eu costumava sorrir toda vez que me deparava com tudo aquilo, mas especificamente naquele dia não estava muito animada para encarar o rosto jovem e sorridente do meu pai no quadro da sala. Virei as costas para a foto e encarei Lunito, que puxava a última caixa para dentro antes de fechar a porta.

— Não acha que é meio narcisista da sua parte ter toda uma decoração baseada no seu antigo grupo?

Lunito recuperava o fôlego, olhando em volta.

— Bobagem. O Semba faz parte da minha história, me formou como pessoa. Não quero esquecer nada do que vivemos.

Eu gostava de como ele falava daquela época, era sempre tão diferente do jeito do meu pai...

— Vem, vamos botar essas coisas no seu quarto — chamou Lunito, passando por mim e seguindo pelo pequeno corredor.

Havia mais fotos espalhadas pela parede no caminho, a maioria do grupo, mas também me vi em vários porta-retratos, em diferentes idades e fases da vida. Eu criança, com os cachinhos espalhados para todo lado. Eu adolescente, dançando com Lunito em algum aniversário. Eu de beca, na minha formatura da graduação. Não via muita coisa diferente em mim: sempre as mesmas bochechas enormes, o nariz arredondado, a pele negra clara, os cachos apertadinhos e alguns quilos a mais do que minha mãe gostaria.

Entramos na primeira porta à direita, onde ficava o quarto de hóspedes.

O lugar estava um pouco bagunçado, com algumas caixas em um canto. Lunito coçou a nuca e pareceu meio sem jeito ao me encarar.

— Desculpa, Pita, não tive tempo de organizar tudo. Tem umas tralhas minhas por aí, mas vou dar um jeito. E você pode ficar à vontade pra mexer no que quiser!

Tirei a mochila, jogando-a sobre a cama e arrancando o tênis do pé, já me sentindo em casa.

— Obrigada, padrinho. E não se preocupa, não me incomodo. Já tô feliz demais por você aceitar me receber.

— E o que você não me pede sorrindo que eu não faço chorando, meu amor?

Ele me puxou para mais um abraço, o que eu sabia que viraria uma rotina nossa enquanto colegas de apartamento.

Fechei os olhos e respirei fundo, sentindo uma onda de tranquilidade tomar meu corpo, algo que fazia um tempinho que eu não sentia. Seria bom ter Lunito por perto, sabia que ele traria para os meus dias todo o amor e apoio de que, sendo bem sincera, eu andava precisando.

Nosso momento foi interrompido bruscamente pela campainha e, em seguida, por incessantes latidos vindos do outro lado da porta de entrada. Lunito se afastou, dando um pulo para trás, e ergueu as sobrancelhas, sobressaltado.

— Esqueci que prometi ficar com o Bombom hoje. Já volto!

— Quem é Bombom? — perguntei, mas ele já tinha saído do quarto correndo e não ouviu minha pergunta por cima dos latidos.

Suspirei e me joguei na cama, sentindo todo o cansaço do dia bater forte. Não era só o trabalho físico de se mudar, mas o peso emocional também. Me despedir das minhas amigas, com quem morei por anos, não foi fácil, mas sabia que estar ali era o melhor naquele momento.

    Olhei para o lado e me deparei com mais uma imagem do Semba bem ali onde seria meu quarto. Tinha me esquecido dessa. Os quatro estavam na companhia de Zeca Pagodinho, sorrindo e parecendo mais emocionados do que nunca. Lunito quase não havia mudado, mesmo que uns trinta anos separassem o homem da imagem e o que havia me recebido havia alguns minutos em sua casa. Fernando, mais conhecido pelo apelido Carioca, era o mais baixinho dos integrantes, tinha enormes olhos castanhos e era careca, e vestia a icônica camisa florida que era de praxe, o que parecia ressaltar sua pele tão escura quanto a de Lunito. Meu tio Marcelo e meu pai não eram irmãos gêmeos — meu pai era dois anos mais velho —, mas eram parecidos demais. O mesmo cabelo black volumoso, o mesmo tom de pele marrom mais claro, o mesmo sorriso torto. Alguns traços os diferenciavam, como o nariz mais fino do meu tio, ou os cílios mais cheios do meu pai, mas, olhando de relance, era quase difícil dizer quem era quem.

    E eu me parecia muito com eles. Sempre diziam que meu olhar era idêntico ao do meu pai, então às vezes sentia que estava olhando para mim mesma quando o encarava.

    Escutei os latidos se aproximando e me sentei no colchão bem na hora em que um cachorro de porte médio e pelagem preta curta entrou correndo no quarto, abanando o rabo e pulando em cima da cama sem cerimônia. Ele se sentou do meu lado e me encarou com grandes olhos caramelo e língua para fora.

    — Oi, cachorrinho! Quem é você? — perguntei com uma voz boba, fazendo carinho no pescoço dele.

    — Esse é o Bombom — respondeu Lunito, entrando no quarto —, o cachorro do vizinho. Eu tomo conta dele às vezes. Bombom, essa é minha afilhada, Pietra. Seja simpático.

    Ri baixinho e fiz festa com o vira-lata que já estava se jogando no meu colo de barriga para cima.

— Acho que já somos amigos.

— Que bom — disse Lunito, suspirando e se sentando ao meu lado na cama. Quando levantei o rosto, vi que sua expressão era séria e intensa. — Agora você pode me explicar direito essa história de mentir pros seus pais?

2

Contar uma mentirinha nunca foi o fim do mundo. Quem nunca escondeu ou inventou uma coisinha ali, outra aqui? O mundo não seria mundo se todos dissessem sempre a verdade. Talvez fosse até menos interessante.

O olhar atento e curioso de Lunito preso em mim deixava claro que ele não concordava nadinha.

— A gente precisa falar sobre isso agora? — perguntei em voz baixa, pois sabia que aquela seria uma tentativa sem sucesso.

— Não, Pita, claro que não precisamos — rebateu ele, cheio de ironia, enquanto cruzava os braços. — Você pode só vir morar comigo de repente, dizendo que não tem mais emprego e que seus pais não sabem de nada. Tá tudo certo, não precisa se explicar.

Bufei, me encostando na cabeceira da cama. Ele estava certo, claro, mas isso não tornava as circunstâncias menos desconfortáveis. Só de pensar em toda aquela situação meus ombros ficavam doloridos e minha garganta se apertava. Fora que eu nem sabia muito bem por onde começar. Então, deixei escapar a única coisa que parecia ser real para mim naquele momento:

— Eu sou um desastre, padrinho.

Não estava sendo dramática. A sensação de ser um fracasso completo era tão real que senti meus olhos se enchendo de lágrimas assim que falei aquilo. Lunito percebeu o peso nas minhas palavras. Ele suspirou e se aproximou, sentando-se bem ao meu lado e me puxando pelos ombros para mais perto.

— Bonequinha, você não é um desastre. Por que acha isso?

— Ah, sei lá, talvez porque eu tenho vinte e cinco anos e não faço a menor ideia do que fazer da vida, como uma grande fracassada — falei, a voz carregada de sarcasmo.

Lunito soltou uma risada espontânea e me senti um pouco ofendida, com vontade de chorar de novo.

— Pietra, aos vinte e cinco anos *eu* não fazia ideia do que fazer da minha vida. Pode acreditar quando digo que isso não é o fim do mundo.

Eu me afastei na mesma hora e o encarei com a testa franzida.

— Tenta falar isso pros meus pais. Acha que minha mãe vai aceitar tranquilamente o fato de eu não ter mais um emprego? Ela vai me matar, padrinho.

Lunito respirou fundo, me puxando de volta para perto, e deixei que meu rosto se aconchegasse em seu ombro, sentindo seu cheiro familiar e acolhedor.

— Pita, eu sei que a Carmen pode ser exigente, mas ela te ama. Tenho certeza de que vai ficar tudo bem.

— Duvido.

Ele nem ousou me contrariar. Lunito sabia tanto quanto eu o nível de irritação que seria despertado em minha mãe assim que ela soubesse da novidade. E, para ser sincera, eu nem ao menos sabia como dar a notícia.

"Oi, mãe! Lembra aquele emprego que você conseguiu pra mim depois de perturbar muito aquela sua prima distante que você odeia? Então, fui demitida! Mas quais são os planos pro Natal?"

Lunito segurou meu queixo e virou meu rosto para encará-lo.

— O que aconteceu, Pita?

Respirei fundo.

— Foi umas semanas atrás. Eu fiz besteira. Enviei os arquivos errados, apaguei o que não devia do sistema... Enfim, eles me demitiram.

— Sinto muito, bonequinha.

Meneei a cabeça, encostando a testa no ombro de Lunito.

— Sabe a pior parte? Eu fiquei aliviada! Não tenho mais uma fonte de renda e não sei como vou sobreviver, mas fiquei aliviada, porque nunca gostei daquele lugar. Nunca gostei de nada na faculdade de jornalismo, pra falar a verdade.

Aquele sentimento não era novidade, mas talvez tenha sido a primeira vez que tive coragem de dizê-lo em voz alta. Meus pais ficaram tão felizes quando passei no vestibular e fui fazer jornalismo em uma faculdade estadual em São Paulo. E, no começo, também fiquei animada, porque achei que era isso o que queria para minha vida. Mas quem teve a ideia genial de deixar adolescentes fazerem escolhas importantes assim?

Lunito beijou o topo da minha cabeça.

— Meu amor, essas coisas acontecem. Seus pais vão entender.

— Eu só... não tô pronta pra falar com eles sobre isso, padrinho — confessei em um fio de voz, tão cansado quanto me sentia. — Tenho um dinheiro guardado, consigo me manter por um tempo com você me dando um teto. Só preciso botar a cabeça no lugar e entender o que quero fazer, sabe? Depois eu prometo que vou conversar com meus pais.

Ele me olhou de canto de olho.

— Promete?

— Prometo.

Lunito suspirou, vencido. No fundo, era por isso que eu estava ali. Sabia que meu padrinho não resistiria ao meu apelo e seria a pessoa perfeita para me apoiar naquele momento. Ele não me entregaria para os leões (papai e mamãe), mesmo sendo tão próximos dos dois.

— Tudo bem — disse ele, enfim. — Só não demora pra conversar com eles, tá? Eu odeio esconder coisas do seu pai.

— Pode deixar. Não vou. Logo, logo eu conto.

Lunito me apertou um pouco mais, fazendo meu coração se sentir mais acolhido.

— E as meninas? Já sabem?

As *meninas*, como eu bem sabia, era uma referência clara às minhas três amigas mais próximas, Yumi, Carla e Duda. Era de se esperar que eu tivesse compartilhado algo tão importante com pessoas tão queridas e presentes, mas a verdade era que apenas Duda estava sabendo da situação toda. Yumi, que eu conhecia desde o colégio, e Carla, sua namorada que aprendi a amar assim que vi pela primeira vez, estavam por fora, não por eu gostar menos das duas, mas por temer mais suas reações. E eu me sentia ainda pior por estar mentindo para elas.

— A Duda sabe — respondi. — Esbarrei com ela logo depois da demissão. Foi ela que me acalmou, na verdade. Não dava pra esconder, mesmo se eu quisesse. — Passei algum tempo em silêncio, sentindo os dedos compridos de Lunito acariciando meus cachos, me trazendo uma paz muito familiar. — Ainda não contei pra Carla nem pra Yumi.

— Pita... — Seu tom de voz dizia tudo, nem precisava de sermão.

— Eu sei — respondi, fechando os olhos.

Não sei ao certo por quanto tempo ficamos parados ali. Eu com os olhos fechados, querendo não pensar em nada, enquanto sentia o cafuné gostoso que meu padrinho fazia em mim. Estava precisando me sentir daquele jeito. Acolhida, querida, leve.

Eu estava quase cochilando quando senti o peso do cachorro que se mexeu no meu colo. Tinha me esquecido de que não estávamos sozinhos. Abri um sorriso antes mesmo de encarar aquele serzinho que me olhava com a língua para fora. Comecei a fazer carinho em sua pelagem preta e me senti mais feliz ao ver seu rabinho abanar.

Lunito soltou um risinho ao meu lado e anunciou:

— Parece que o Bombom gostou de você.

Me inclinei para a frente e depositei um beijo estalado na cabeça do meu novo amigo de quatro patas.

— Eu gostei dele também.

Fazia anos que eu não tinha um bichinho em casa. Meus pais adotaram um cachorro quando eu era pequena, e ele faleceu alguns anos depois disso. Passei a noite chorando escondida, sentindo a perda da amizade que criei com aquele animalzinho no tempo curto que passamos juntos.

Acho que era por isso que eu sempre sentia um carinho enorme quando via um cachorro. Não estava exagerando ao dizer que havia adorado Bombom. Só de tê-lo ali comigo me senti melhor.

Lunito aproveitou meu momento com Bombom e se levantou da cama. Caminhou em silêncio até a porta, mas parou no limiar e me encarou com um olhar doce.

— Vai ficar tudo bem, bonequinha. — Lunito abriu um dos seus melhores sorrisos e me lançou uma piscadela antes de sair do quarto. — Confia.

Esparramada na cama daquele quarto de hóspedes que viraria meu novo lar, tudo que eu mais queria era confiar.

3

Fazia uma semana que eu estava morando com Lunito, mas a sensação era de que o tempo tinha se desdobrado e arrastado mais do que o normal. Sete dias que pareceram sete meses, e tudo muito bem acompanhado pelo completo desânimo.

Ajeitei minhas roupas no guarda-roupa e fiz todas as refeições naquela semana, o que já podia ser considerado uma vitória, tendo em vista que sair da cama andava sendo uma tarefa bem mais difícil do que o normal. Passava horas navegando na internet, ajeitando a bagunça que era meu currículo e olhando vagas atrás de vagas para entender o que, afinal, eu iria fazer da vida.

E, pelo que parecia, apesar do apelo de Lunito, confiar que tudo ficaria bem era uma tarefa extremamente complicada quando não se era possível ver o horizonte.

Naquele dia, para alegria do meu padrinho, precisei sair do apartamento. Tudo bem que não era para nenhuma atividade muito edificante, já que eu ia apenas fazer o exame demissional, o que era bastante deprimente. E inútil, de um modo geral. Uma olhadinha aqui e ali e pronto, tudo certo, você está pronta para ser desempregada! Queria poder pedir uma avaliação psicológica para ver os danos que aquele emprego tinha me causado.

De qualquer forma, pelo menos eu tinha saído e visto o céu cinza de São Paulo. Até peguei um pouco de garoa voltando para casa. Estava quase vivendo a vida normal de uma paulistana.

Quando cheguei ao prédio, cumprimentei seu Manoel ao passar pela portaria e já fui tirando o celular do bolso da calça para responder as milhares de mensagens das minhas amigas enquanto entrava no elevador, sem dar muita importância para a pessoa que entrou atrás de mim um pouco antes das portas se fecharem.

O elevador apitou quando chegou ao sexto andar e guardei de novo o celular antes de dar um passo na direção das portas, pronta para correr para o apartamento de Lunito e colocar qualquer coisa no estômago enquanto assistia a algum programa aleatório na televisão.

O número dizia que estávamos no andar certo e o apito já tinha anunciado a chegada, porém as portas não se abriram. Esperei por mais tempo do que de costume e o barulho agudo se repetiu, mas as portas continuaram fechadas. Apertei o botão de comando de abertura no painel. Nada mudou. Mais um apito. Ainda trancada.

— Não tá abrindo?

Virei na direção da pessoa que estava ali comigo. Aquele rosto era bastante familiar, porque eu nunca esquecia um rosto, menos ainda quando pertencia ao vizinho sem educação que não quis segurar o elevador para mim uma semana antes.

Precisei levantar a cabeça para encará-lo, já que ele era bem mais alto do que eu. O cabelo curto, liso e preto estava todo bagunçado, enquanto a camiseta amarela e a bermuda bege estavam amassadas. Ele me encarava com ar de dúvida por trás dos óculos retangulares de armação laranja. Quase senti simpatia quando o vi segurando o copo de uma das minhas cafeterias favoritas, mas não iria deixar de lado meu rancor por sua falta de delicadeza.

— Não — respondi, voltando a encarar o painel e a apertar o botão do andar sem parar. — Não sei o que tá acontecendo.

Mais um apito.

— Tenta forçar.

A ideia não era das melhores, mas tentei mesmo assim. Coloquei uma das mãos de cada lado no metal gelado e tentei separá-los. Depois tentei encaixar os dedos no pequeno vão entre as portas, mesmo sendo estreito demais. O apito voltou a se repetir várias vezes, só para me tirar do sério, o que não era muito difícil com o humor que eu estava.

— Deixa eu tentar — ofereceu o vizinho.

— Eu já tentei.

— Eu sei, mas quem sabe se colocar mais força não dá certo.

Continuei com as mãos na porta, sentindo-o se aproximar com cuidado.

— Eu tô tentando, não tá vendo? Não é questão de força, a porta nem se mexe.

— Tá bom, mas e se você puxar de um...

Antes de completar a frase, uma das mãos dele repousou num extremo da porta, e virei o rosto para lançar um olhar de reprovação em sua direção. Péssima ideia. Eu não sabia que a outra mão dele estava bem na altura do meu rosto, e minha testa foi de encontro ao copo de café.

— Cuidado! — gritei.

O líquido caiu no meu cabelo e escorreu pela camisa branca. Levantei o rosto para encará-lo, fuzilando sua expressão de arrependimento. A pele clara dele até ficou um pouco mais pálida ao encarar o estrago da bebida.

— Meu Deus, eu não sabia que você ia virar!

— Bom, parabéns, agora além de estar presa aqui, eu tô toda suja e com uma camisa estragada. Maravilha!

Eu me afastei para o fundo do elevador, me recostando contra o espelho da parede e tentando torcer as pontas dos meus cachos para tirar o excesso do líquido pegajoso.

— Desculpa mesmo, não percebi que você ia virar o rosto, de verdade.

Respondi apenas com uma careta rápida e continuei concentrada em tentar me limpar, ficando ainda mais irritada com o apito constante que ainda ressoava no elevador.

O vizinho desistiu de tentar receber uma resposta mais elaborada, voltando a atenção para a porta e tentando mais uma vez tudo o que eu já tinha tentado. Observei seus movimentos com certo prazer. Embora ele fosse mais alto e visivelmente mais forte, o resultado que obteve foi idêntico ao meu: nenhum. Sorri um pouco, mesmo aquilo significando que continuaríamos presos ali. Pequenas vitórias.

— Nossa, que diferença, né? Tô vendo que a porta até amassou um pouco com toda a sua força.

Ele se virou e abriu um sorriso enorme que aprendi na mesma hora a odiar.

— Às vezes super-heróis não sabem medir a força. — A piscadinha que ele lançou no final da frase fez meus olhos se revirarem até ficarem brancos.

— E vai ver seu superpoder é derramar café nas pessoas.

Ele apontou o indicador na direção da mancha marrom no ombro da minha camisa.

— Isso foi um acidente. Já me desculpei. E eu nunca teria um poder tão chato assim.

Ignorei o comentário e me aproximei do interfone pendurado ao lado do painel. Ainda ouvia o riso baixo dele quando liguei para a portaria e falei para o seu Manoel o que estava acontecendo. A resposta foi um longo "eeeeeita" seguido de reclamações sobre ele já ter pedido para arrumarem "aquela maldita joça". No fim das contas, ele avisou que subiria para abrir por fora e prometeu que em menos de cinco minutos estaria tudo bem.

Desliguei o interfone e me virei para dar de cara com o estranho sentado no chão limpando os óculos na barra da camiseta. Fiquei parada ali, sem me aproximar de onde ele estava. A última coisa que eu queria era ficar de conversa-fiada com meu recém-adquirido desafeto.

Para minha infelicidade, ele não pensava o mesmo.

— Acho que invisibilidade — falou, voltando os olhos castanho-escuros para mim. — Meu superpoder. Eu ia gostar de ser invisível.

— Hum.

— A gente tá preso aqui, quer mesmo ficar em silêncio?

— Sim.

— Podemos falar sobre qualquer assunto que você quiser.

— Não quero conversar, obrigada.

Ele soltou mais uma risadinha debochada.

— Isso é por causa do café?

Como se ele não tivesse me ignorado naquele dia... Além do mais, minha vida como um todo já andava sendo motivo suficiente para um péssimo humor, mas o sorriso irritante no rosto dele acabou sendo um incentivo ainda maior.

— Isso é porque você parece achar que somos amigos.

— Eu só tô tentando fazer o tempo passar rápido.

— E como vai conseguir isso me fazendo ouvir você falar sem parar?

Ele colocou uma das mãos sobre o peito e abriu a boca de maneira teatral.

— Poxa, essa até magoou um pouco.

— Você mora aqui, afinal? — perguntei.

— Não, é só um dos meus hobbies, sabe. Entrar em prédios desconhecidos e escolher uma estranha pra irritar no elevador.

Difícil dizer se o que me irritou mais foi o tom irônico ou o fato de ele acreditar que tinha tanto poder sobre mim assim.

— Você não me irritou.

— É, mas você tá me olhando como se quisesse arrancar minha cabeça.

— Se for necessário pra fazer você parar de falar...

Ele pareceu se divertir com o meu comentário, e mais uma vez vi seus lábios se repuxarem em um sorriso. Ele se levantou do chão e parou bem na minha frente, abaixando o queixo para poder me encarar.

— Eu me chamo Eric, falando nisso — ele se apresentou, estendendo a mão.

— A gente não estava falando disso.

— Não, essa é a parte em que você me fala o seu nome.

— Eric sacudiu a mão e ergueu as sobrancelhas, enfatizando a proposta. Cruzei os braços na frente do peito e sustentei seu olhar, franzindo a testa. — Sério? Não vai me falar?

— Eu nem te conheço.

— Eu acabei de dizer, me chamo Eric. Se precisar saber mais, pode pesquisar Eric Nishimura na internet e ver o que descobre.

— Eu não acharia a informação sobre você ser ou não um assassino.

Seu sorriso se abriu ainda mais. Era insuportável.

— Você não vai mesmo me dizer o seu nome?

Talvez eu estivesse sendo meio imatura por não me apresentar e acabar logo com aquilo, mas ainda estava coberta por café e meu cabelo precisava ser lavado com urgência.

O barulho das portas se abrindo chamou nossa atenção e logo estávamos com a passagem livre para o andar, onde seu Manoel e o filho mais velho dele seguravam as portas para que pudéssemos sair. Não pensei duas vezes antes de pular para fora daquela caixa de metal, sorrindo em agradecimento aos verdadeiros super-heróis.

— Ô, meninos, desculpa, viu? — disse seu Manoel, com um tom cheio de constrangimento. — Essa droga de elevador! Juro que vou mandar olharem isso ainda hoje.

Dei leves tapinhas carinhosos no ombro do homem grisalho à minha frente.

— Tudo bem, seu Manoel. — Olhei para Eric de esguelha, garantindo que ele estava prestando atenção. — E agradeço muito ao senhor por me salvar de uma morte lenta e cruel.

O homem não entendeu, mas forçou um sorriso simpático mesmo assim. Me despedi dos meus salvadores, ignorando o terceiro elemento e caminhando na direção do apartamento do Lunito. Antes de chegar à metade do caminho, escutei a voz de Eric ecoando pelo corredor:

— Foi bom te conhecer também!

4

— **Não faz nem duas semanas** que você tá morando comigo, Pita. Não é possível que já odeie um dos meus vizinhos.

Lunito havia me obrigado a sair de casa naquele sábado de manhã e ir com ele até o Espaço Deolinda Madre, onde trabalhava e devotava horas e horas de seu dia. Meu padrinho era apaixonado pelo que fazia e nunca reclamava quando era preciso passar bem mais tempo do que seria apropriado se desdobrando para resolver algum problema no Deolinda. Ele foi um dos fundadores da ONG, pois queria ajudar a levar arte e cultura para aquele bairro afastado do centro de São Paulo onde passara a infância, mas isso já fazia muitos anos e seu sonho tinha crescido tanto que o lugar havia virado uma grande referência.

A desculpa que usou para me arrancar da cama era de que estavam precisando de voluntários para ajudar na horta comunitária, mas eu sabia que ele só não suportava mais me ver desanimada e trancafiada dentro do apartamento. Aproveitei nosso momento juntos para relatar tudo que tinha acontecido quando fiquei presa no elevador com o vizinho irritante.

— Tanto é possível que já odeio — respondi enquanto o ajudava a terminar de adubar uma parte da terra. — Espero nunca mais ver aquele cara na minha frente.

— Você sabe o nome dele?

— Eric alguma coisa.

Lunito parou o que estava fazendo na mesma hora e me encarou com os olhos arregalados.

— Não! O Eric? Não tem como odiar o Eric. Ele é uma das pessoas mais queridas que já conheci, bonequinha. Inclusive, vem quinzenalmente aqui no Deolinda dar aulas pros meninos. O Eric é um querido.

Faço uma careta e imito suas últimas palavras com a voz esganiçada, ainda me ocupando da tarefa à qual havia sido designada.

— Vira padrinho dele então — resmunguei, por fim.

Lunito não conseguiu segurar o riso.

— Que bobeira, Pita. Aposto que se vocês se conhecerem direito, vão ser bons amigos. Sempre achei que você fosse adorar o Eric.

Não precisei insistir na mudança de assunto, porque naquele mesmo instante meu celular vibrou no bolso da calça. Tirei as luvas para ver quem estava me ligando. Mamãe. Suspirei e mostrei o visor para Lunito, que ergueu as sobrancelhas e voltou a atenção para a terra, demonstrando que entendeu perfeitamente o quanto a situação não era agradável.

Me levantei, limpando um pouco da terra dos joelhos, e me afastei da horta, entrando no pátio interno, que estava quase vazio e onde eu podia me sentar em um dos bancos de concreto para ter mais privacidade.

— Que demora pra atender esse telefone, filha! — reclamou minha mãe com sua voz sempre autoritária assim que coloquei o aparelho no ouvido.

— Bom dia pra senhora também, mãezinha.

— Bom dia, Pita? Já é quase meio-dia, que bom dia, o quê! Não vai me dizer que ainda tá na cama?

— Não, mãe — respondi num suspiro. Mesmo não morando mais com ela havia anos, sabia que receberia uma bronca se ela achasse que eu estava de pijama àquela hora do dia. — Eu vim no Deolinda com o padrinho. A gente tá aqui cuidando da horta.

— Ahhh, bom. Mas não deixa o Lunito te arrastar tanto pra esse lugar, não, Pita. Avisa ele que você tem que focar no trabalho. Seu padrinho é muito empolgado e, agora que você tá morando junto com ele, precisa saber impor limites. Não negligencia sua carreira, tá?

— Pode deixar, mãe, não vou — respondi, sentindo as bochechas queimarem com a mentira.

— Acho bom. Fico preocupada, por isso no começo não gostei muito da ideia de você ir morar com o Lunito, mas agora até acho bom você ter se mudado depois que a Carla foi morar com a Yumi. É importante esse momento ser só pro casal. Sei que você nunca teve uma relação assim, mas...

— A senhora ligou por algum motivo específico? — cortei antes que ela começasse a criticar minha falta de vida amorosa.

— Bom, na verdade, sim. Lembra da Noêmia, amiga da Cláudia, vizinha da sua tia Yolanda? — Aquelas pessoas eram familiares, mas eu não era tão boa assim com os nomes de todos os conhecidos da minha mãe, e ela, sabendo disso, seguiu sem esperar por uma resposta: — Então, ela trabalha na Folha de São Paulo! Esbarrei ontem com a Cláudia e comentei sobre você ser formada em jornalismo e trabalhar numa revista, e ela foi uma querida! Disse que, se você quiser, pode conversar com a Noêmia pra ela conseguir alguma coisa pra você por lá. Não é o máximo?

Uma vaga de emprego em um jornal enorme? Tenho certeza de que qualquer um dos meus ex-colegas de faculdade estaria saltitando com a oportunidade.

— Poxa, mãe, que legal da parte dela oferecer... Mas eu tô bem lá na revista e a senhora já teve o trabalho de conseguir essa oportunidade pra mim, né.

— Pietra, não seja boba! — Sua voz era severa e ela estalou a língua nos dentes. — Não sabemos se a Noêmia ainda vai estar trabalhando por lá mais pra frente. Temos que agarrar as oportunidades assim que elas aparecem na nossa frente, minha filha. Sua carreira não é brincadeira, precisa levar a sério. Você lembra daquela tal de Gabriela...

Quase quis tirar o celular de perto do rosto quando ela começou a relatar a triste história da filha de uma de suas amigas, que preferiu não fazer faculdade, não parava em nenhum emprego e hoje vivia de favor na casa dos pais, ainda recebendo mesada. Sendo a pessoa desempregada, infeliz com sua escolha de graduação e vivendo de favor naquele momento, a história me bateu de um jeito muito desconfortável.

Vaguei o olhar pelo pátio enquanto a deixava falar sem parar, palavras soltas que eu fazia questão de não escutar. Em busca de uma distração, vi uma garotinha atravessando o pátio com uma expressão de raiva e pisando forte. Ela usava um rabo de cavalo bem alto, os cachos balançando de um lado para o outro a cada passo. Nas costas, a menina carregava um violão dentro de uma capa toda rasgada.

Bem atrás dela vinha uma mulher mais velha, de cabelos quase grisalhos e o tom de pele negra tão escuro quanto o da garotinha. Ela correu e segurou a menina pelo ombro, e ela revirou os olhos assim que encarou a mulher. As duas trocaram algumas palavras que mais pareciam farpas antes de cada uma seguir para um lado, a criança entrando em uma das salas do Deolinda e a mãe indo embora.

A cena, com a voz de minha mãe de trilha sonora, me causou um aperto no peito. Quase senti vontade de chorar. Não sabia quem eram aquelas duas, nem o motivo do desentendimento, mas via na repreensão daquela mãe o mesmo ar que sempre via na minha. O mesmo tom de voz que ouvia agora através do celular.

— ... e você não é mais criança, Pita, não pode agir como uma Gabriela da vida. Precisa pensar desde já no que vai fazer no futuro! É na Yumi que você precisa se inspirar, sabia? Olha só sua amiga: formada em Direito, advogando em um dos melhores escritórios de São Paulo e agora ainda tá morando com a namorada! Aposto que não vai demorar muito pras duas se casarem, viu? Ia ser maravilhoso se você conseguisse esse trabalho na Folha, aí você pode seguir esses passos... Quem sabe logo não é você casando? Não importa nem quem seja a pessoa, o importante é vocês caminharem e lutarem juntas. Enfim, voltando, eu vou conversar com a Noêmia ainda essa sema...

Eu sempre soube como lidar com minha mãe quando ela entrava em um de seus discursos sem fim: distração. Ela precisava de alguma outra coisa que tirasse seu foco do assunto atual, que a desnorteasse o bastante para não seguir com a conversa.

Meu cérebro, infelizmente, não perdeu muito tempo elaborando algo e decidi colocar para fora a primeira coisa que me ocorreu:

— Mãe... eu meio que tô namorando.

Silêncio. Choque. Nenhuma de nós duas soube o que falar por alguns segundos. Demorei um pouco para entender que não tinha apenas pensado em dizer aquilo, que havia de fato falado em voz alta.

Namorando?!

— NAMORANDO?! — A voz da minha mãe ecoou meu pensamento, subindo alguns tons e demonstrando o quanto ela estava surpresa com a informação. — Desde quando? Com quem? Por que não me falou antes?

— É tudo muito recente — respondi com a confiança de alguém que não fazia a menor ideia do que estava fazendo. — Não contei antes porque faz pouco tempo que a gente tá junto e você não o conhece.

— Nossa. E você não vai nem me dizer o nome desse tal namorado?

Ela parecia um pouco magoada. Minha mãe gostava de estar por dentro da minha vida e ser pega de surpresa daquele jeito com certeza a entristeceu de verdade. Eu estava até me sentindo um pouco mal, mas não o suficiente para voltar atrás.

— Tá só no comecinho, mãe. Se eu te disser o nome, você vai revirar minhas redes sociais atrás dele.

— Pietra! Eu sou sua mãe!

— E eu sou sua filha, prazer. Mas vou continuar não falando o nome. Deixa a gente ver se a relação vai pra frente primeiro.

— Pie…

— Mãe, vou desligar agora. O padrinho precisa de mim. Tchaaaaau.

Desliguei ainda ouvindo mamãe praguejar. Respirei fundo, nem acreditando que realmente tinha acabado de soltar mais aquela mentira. E dessa vez não era só uma simples omissão, eu ativamente inventei um namorado. Encarei o celular e grunhi alto ao me dar conta da besteira que tinha acabado de fazer.

5

— **Vem cá,** por que sua mãe me ligou hoje querendo saber o nome do seu novo namorado, que eu nem sabia que existia?

Eu estava sentada no sofá colocando o tênis, bem ao lado de Lunito, que estava com a televisão ligada, mas não tirava os olhos da tela do celular.

— É porque não existe mesmo... — falei, hesitante.

— Pita? — Ele arqueou a sobrancelha.

Suspirei antes de contar a verdade para meu padrinho:

— Ela me ligou mais cedo e começou a falar sem parar sobre um emprego na Folha e sei lá mais o quê... Não pensei direito, só entrei em pânico e falei a primeira coisa que imaginei que a distrairia.

Lunito virou o corpo para me encarar com expressão de surpresa.

— E aí você achou uma boa ideia *inventar um namoro?*

Fiz uma careta, percebendo o quanto soava ainda pior quando outra pessoa falava assim.

— Obviamente não é uma ideia boa, mas foi no impulso. Não se preocupa! Não vou levar isso pra frente por muito tempo.

Lunito suspirou, jogando o corpo para trás ao se recostar no sofá.

— Pita, você já falou isso antes...

— E é verdade! Logo, logo vou contar tudo pros meus pais e você não vai mais precisar se preocupar. Ainda vamos rir muito disso um dia.

— E quando a Carmen me perguntar sobre seu namorado de novo? E de novo? E de novo? Porque você sabe que ela não vai sossegar, né?

Eu sabia, sim. Pelo menos parte do motivo daquela invenção havia dado certo, já que ela não voltaria a falar sobre minha vida profissional por um bom tempo.

— Só... continua dizendo que não sabe de nada — pedi, dando de ombros. — Não é mentira, né?

Lunito me encarou, a sobrancelha ainda arqueada, como se eu tivesse dito a coisa mais absurda do mundo, o que também não era mentira.

— Duda, eu te amo, mas pelo amor de Deus, para de falar sobre poesia romana! — disse Carla, segurando as mãos de Duda por cima da mesa do bar.

Soltei um risinho antes de bebericar minha cerveja. Concordava plenamente. Eu nem estava mais dando atenção ao falatório de Duda, alguma coisa sobre Ovídio e Romeu e Julieta. Às vezes minha amiga se empolgava demais falando sobre o assunto que estudava no mestrado, mesmo que estivesse em um bar barulhento na Augusta, em uma mesa minúscula comigo, Carla e Yumi.

Duda fez um beicinho e deixou os ombros caírem, como se estivesse ofendida. Ela mexeu a cabeça para afastar do rosto os dreads que iam até o ombro e cruzou os braços, sua pele negra escura se destacando por cima da blusinha branca que vestia, dizendo:

— Vocês nunca me apoiam.

— A gente te apoia — rebateu Yumi. — Mas isso não significa que queremos ficar ouvindo sobre essas coisas chatas num bar. Não tô aqui falando sem parar sobre direito civil, tô?

— Graças a Deus — murmurou Carla.

Yumi semicerrou os olhos para a namorada, que apenas abriu um sorriso forçado. Querendo fugir do assunto e não deixar Duda voltar a falar sobre poetas mortos, Carla se virou para mim empolgada como sempre:

— E como tá sendo morar com o Lunito, Pita? Fantástico como imagino que seja?

— Claro, tudo anda maravilhoso — respondi, sem entrar em detalhes sobre o quanto andava fritando meus miolos nos últimos tempos.

Carla abriu um sorriso enorme, enquanto Yumi cruzou os braços e se recostou no espaldar da cadeira, dizendo:

— Fico feliz por você, mas ainda não entendi essa necessidade de sair lá de casa. A Carla mesmo disse que você podia continuar morando com a gente numa boa, Pita. Não tinha por que sair tão de repente assim.

Carla não falou nada, mas me lançou um olhar doce que parecia concordar com a namorada. Era engraçado o quanto as duas eram tão diferentes. Yumi tinha o cabelo bem liso, escuro e curto, usava roupas pretas e cinza quase sempre e, apesar de ser muito preocupada e cuidar daqueles que ama, era capaz de lançar respostas ríspidas e sarcásticas como ninguém. Já Carla, com sua pele muito branca, olhos verdes e cabelo azul comprido e levemente ondulado, irradiava uma alegria sincera e sempre via a vida de um jeito otimista. Apesar de todos os contrapontos, as duas eram perfeitas juntas.

Enquanto eu encarava Yumi por alguns segundos, pensando em como responder, Duda, evitando olhar para qualquer uma de nós, comia sem parar as batatas fritas da porção que estava bem no centro da mesa. Minha amiga estava claramente desconfortável por me ver mentindo para duas pessoas tão próximas.

— A gente já falou sobre isso, Yumi — respondi, por fim, com um suspiro. — Foi melhor assim. Não fazia sentido eu continuar morando contigo com a Carla se mudando pra lá, ainda mais num apartamento pequeno. Quer dizer, eu te amo, Carla, nada pessoal, mas assim vocês podem ficar mais à vontade, e eu também. Além do mais, é a primeira vez que vocês duas vão morar juntas! Isso por si só já é um desafio pra qualquer casal, não precisam de mim pra atrapalhar.

— Você é minha melhor amiga desde os treze anos, Pietra — disse Yumi, me fuzilando com o olhar. — Não tava *atrapalhando*.

— E isso nem é um desafio tão grande pra gente — completou Carla, sorrindo do seu jeito caloroso e dando uma piscadinha para Yumi. — Estamos tirando de letra isso de morar juntas, né, môr?

Yumi virou o rosto para mim, mas disse em alto e bom som para que todas pudessem ouvir:

— Se ela continuar não fechando a torneira do banheiro direito, eu vou gastar meu réu primário.

O comentário nos fez rir, mas não demorou muito para que Carla começasse a tentar se defender, o que foi constantemente rebatido por Yumi. O momento alegre e tranquilo me trouxe uma paz que eu não sentia havia algum tempo. Era bom estar com minhas amigas e não pensar no que deveria ou não fazer da vida. Naquela noite, eu estava decidida a simplesmente curtir a companhia de pessoas tão queridas e não pensar em nada que pudesse me afetar.

Os planos do universo, no entanto, eram outros.

— Pietra? — Uma voz vagamente familiar interrompeu a discussão besta de Carla e Yumi, fazendo todas nós virarmos na direção do homem parado bem ao meu lado.

O bar não era dos maiores e vivia lotado, ainda mais no fim de semana, então não era incomum que pessoas passassem ou parassem perto demais da mesa em que estávamos, mas aquele cara sabia meu nome. Seus cabelos formavam cachos soltos e sua pele carregava a mesma tonalidade clara de marrom da qual me lembrava. Um sorriso encantador repartia os lábios carnudos e o olhar penetrante me fez voltar no tempo, direto para meus dezesseis anos, quando o vi pela primeira vez e me apaixonei.

— Rodrigo?

Fazia anos que eu não o via. Rodrigo foi meu primeiro e único quase namorado. Meu primeiro beijo, meu primeiro amor, meu primeiro coração partido. Nos conhecemos porque seu pai era ex-empresário do Semba, então quando o vi no casamento do Carioca, o sentimento me arrebatou por completo. Era engraçado olhar para ele agora e sentir apenas carinho e nostalgia pelo sentimento de antigamente, porque naquela época parecia que eu nunca superaria aquele amor. Graças aos céus, a jovem Pietra estava errada.

— Quanto tempo! — Ele abriu os braços e se curvou para me dar um abraço sem me dar tempo de levantar, então nos cumprimentamos meio desajeitados. — E que loucura te encontrar aqui!

— Não é? Nem sabia que você tava no Brasil!

— Pois é! Voltei no começo do ano. Tô morando em Santos, mas vim passar o fim de semana em São Paulo por causa do aniversário de um amigo.

— E São Paulo sendo essa cidade minúscula, claro que a gente se esbarrou! — brinquei.

Ele riu do comentário e acenou sem jeito para minhas amigas na mesa. Rodrigo conheceu Yumi quando estávamos juntos, mas não pareceu reconhecê-la, e Yumi não fez questão de lembrá-lo; ela nunca foi sua maior fã.

— Acredita que eu tava hoje mesmo falando de você com minha mãe? A tia Carmen comentou com ela sobre seu namoro e ela veio me contar. — Ele colocou a mão no meu ombro e apertou de leve. — Fiquei feliz de saber disso, viu? Você sempre foi meio fechada, então que bom que tá dando uma chance pro amor.

Odiei aquele comentário. Nunca tive uma fila de pretendentes atrás de mim. Não estava recebendo declarações de amor mensalmente nem tendo que despachar presentes de admiradores. Como a conclusão dele, e da minha mãe, diga-se de passagem, era de que a fonte da minha solteirice era *eu* não estar receptiva a uma relação?

De qualquer forma, aquele era o menor dos meus problemas no momento. Assim que Rodrigo disse isso, senti os três pares de olhos que compartilhavam a mesa comigo me encarando. Rodrigo também pareceu perceber a mudança no ambiente, então apertou meu ombro mais uma vez antes de dar um passo para trás e dizer:

— Enfim, preciso voltar pros meus amigos. Mas a gente se fala!

Ele se virou e foi embora antes que eu pudesse responder, mas continuei vendo-o se afastar, porque não estava com muita coragem de encarar minhas amigas.

— Namoro? — disse Yumi. — Que namoro, Pietra?

Respirei fundo e me virei de novo para as três. Yumi franzia a testa, confusa. Carla arregalava os olhos, assustada. Duda estreitava os dela, apreensiva, talvez se perguntando se aquilo era verdade ou outra invenção minha. Visto o quanto ela já parecia desconfortável com a situação em que eu havia a colocado, decidi que não meteria a Duda em outra roubada.

— Não é bem namoro — falei, revirando os olhos. — Vocês conhecem minha mãe, ela é meio exagerada. O sonho daquela mulher é me ver num relacionamento. Eu só comentei que tava saindo com um carinha e ela já tá pensando em casamento.

As três se interessaram mais ainda pela história, jogando os corpos para a frente ao mesmo tempo.

— E a gente conhece esse cara? — perguntou Duda.

— Não — respondi rapidamente. — A gente saiu umas três vezes só, nada muito sério.

— Você nunca sai assim com caras, Pita — pontuou Carla.

— Então é sério, sim, pode contar tudo!

Imitando a reação nervosa de Duda, enfiei a mão nas batatas fritas e as joguei na boca, tentando ganhar tempo para pensar em uma resposta.

— Ele é do trabalho? — quis saber Yumi.
— Ou conheceu em aplicativo? — sugeriu Carla.
— O Lunito que te apresentou? — tentou Duda.

Elas não paravam de fazer perguntas, falando uma por cima da outra, tornando quase impossível entender o que diziam. Fui ficando mais e mais nervosa. Meu coração começou a dar uma palpitada e, sem saber como sair daquela enrascada, bati as duas mãos na mesa e bradei:

— Chega! — As três ficaram em silêncio na mesma hora, assustadas com a reação. Para ser sincera, eu mesma estava um pouco assustada. — Eu já disse, não é nada sério, nem sei se vai dar em alguma coisa. Não quero falar sobre isso ainda, pode ser?

Preferi não levantar a cabeça e prendi o olhar na mesa, sentindo meu rosto esquentar de vergonha.

— Desculpa, Pita — disse Carla. — A gente não quis exagerar, sério. É que ficamos animadas com a novidade! Mas vamos esperar seu tempo.

— Valeu...

Duda aproveitou o momento para puxar um assunto aleatório sobre uma mulher que odiava do mestrado, um tema que sempre nos deixava engajada, apesar de nenhuma de nós conhecer de fato a tal chata. Porém, enquanto Duda falava e Carla reagia à fofoca, Yumi manteve um olhar avaliador em mim, que tentei ignorar pelo resto da noite.

6

A situação da minha conta bancária estava ficando crítica. Nada entrava, e o que ainda tinha estava acabando mais rápido do que o esperado. Eu precisava urgentemente encontrar uma nova forma de ganhar dinheiro antes de ficar zerada. Pedir para os meus pais não era uma opção. Eu não queria incomodar, ainda mais quando sabia o quanto os dois lutavam para manter uma estabilidade financeira.

Muitos se surpreenderiam se soubessem como os lucros do sucesso "Balela" tinham durado pouco para os membros do grupo Semba. A música estourou em todo o Brasil, e, por pelo menos dois anos, era impossível alguém não a conhecer. Mas um sucesso só infelizmente não faz carreira.

Meu pai se dedicou à música desde a adolescência. Quando o Semba terminou, ele se virou como assistente administrativo. Já minha mãe era formada em pedagogia e deu aula por muitos anos em escolas públicas. Mesmo no aperto, os dois fizeram de tudo para nunca me faltar nada, e ainda fizeram questão de que eu me dedicasse cem por cento aos estudos durante a faculdade, me ajudando como podiam. Os dois sabiam como uma formação acadêmica era importante. E lá estava eu, sem ver sentido no meu diploma.

Apesar do saldo baixo, lutei contra a resistência de Lunito e o obriguei a permitir que eu fizesse as compras da semana. Era o mínimo.

Eu odiava ir ao mercado, mas agi como a adulta que era e encarei aquela chatice de uma vez. Passei pelo menos uma hora me arrastando por todos os corredores para me certificar de que não esqueceria nada de que Lunito precisasse. Quando terminei, me senti mais leve, assim como minha reserva financeira.

Estava quase em frente à porta do apartamento de Lunito quando uma das sacolas rasgou e todas as compras se espalharam pelo corredor. Coloquei os sacos restantes no chão para poder pegar os alimentos que haviam se espalhado por todos os lados. Eu estava de joelhos e faltava apenas recolher o iogurte que tinha parado na frente do apartamento vizinho quando escutei o barulho da porta se abrindo. Antes que eu pudesse levantar os olhos, escutei o barulho da bandeja de iogurtes sendo amassada e estourando sob a pressão de um pé que acabava de sair de dentro do apartamento. Olhei para o líquido escorrendo e escancarei a boca ao levantar a cabeça.

Para minha surpresa, eu sabia exatamente quem era aquela pessoa. Sabia até seu nome. Eric. Dessa vez, seu cabelo preto estava úmido, mas ainda despenteado. Ele vestia uma camisa amarela e sobre o peito estava o escudo do Clube Esportivo Alfredo Gomes. A barra da calça de nylon preta e o tênis esportivo estavam cobertos pelo líquido rosa do meu falecido iogurte.

— Mas que merd...

Antes de terminar a frase, Eric percebeu minha presença. Dava para ver certa irritação em seu olhar, mas isso desapareceu quando ele me reconheceu. Seus lábios se abriram no sorriso enorme de quem parecia se divertir muito com a situação.

A situação: eu literalmente aos pés dele.

Me apressei em me levantar enquanto o ouvia dizer:

— Ah, você. Devia ter adivinhado que era a culpada.

— Eu!? *Você* pisou no meu iogurte! — acusei, apontando para o estrago feito.

Ele abaixou a cabeça para encarar a sujeira e levantou o pé, balançando um pouco para tirar o excesso do líquido, e uma risada incrédula escapou de sua boca.

— *Você* coloca isso na minha porta e *eu* pisei no seu iogurte? — Sua voz aveludada carregava um tom sarcástico.

— Eu não *coloquei* nada na sua porta. Minha sacola rasgou.

Eric voltou a me encarar, todo o rosto demonstrando desconfiança.

— Espera, isso foi vingança pelo elevador?

Eu não perdia meu tempo com vinganças, mas, se perdesse, aquela até que seria bastante justa. Olho por olho, camisa por tênis.

— Não se iluda achando que eu me importo tanto assim — respondi. — Nem sabia que você morava aí.

Antes que ele pudesse falar qualquer outra coisa, fomos interrompidos pelo cachorro que saiu de dentro do apartamento. O bichinho encostou o focinho na pequena poça de iogurte e começou a lambê-la. Eric estalou a língua nos dentes, tentando afastá-lo, mas deu para perceber que o animal não levou a sério a chamada de atenção, abanando o rabo alegremente para o dono. O cachorrinho ficou de pé sobre as patas traseiras e apoiou as dianteiras nas coxas de Eric, lambendo os dedos longos do dono. Desistindo de fazer com que o cão voltasse para dentro, ele revirou os olhos e afagou a cabeça peluda do bicho, voltando a me encarar.

— Acabou de se mudar pra cá e já tá disposta a odiar o seu vizinho, Pietra?

Franzi a testa, desconfiada.

— Eu não te odeio. E como você sabe meu nome?

O sorriso de Eric estava de volta. Argh.

— Eu soube quando te vi entrando no apartamento do Lunito aquele dia. Conheço seu padrinho.

— Derrubou café nele também?

O cachorro virou a cabeça para me olhar, recebendo minha total atenção. Só então eu o reconheci. Era o Bombom! O mesmo que me fez companhia no dia em que me mudei. Demorou só alguns segundos para ele vir até mim e ficar sobre duas patas à minha frente, pedindo por carinho com as dianteiras se movendo no ar. Não resisti e me aproximei, sorrindo.

— O Bombom gostou de você — disse Eric.

— Seu cachorro claramente é um vizinho melhor do que você.

Ele cruzou os braços.

— Você não vai mesmo me dar um desconto, né?

— Fazer o quê? Algumas pessoas despertam o melhor em mim — respondi, forçando um sorriso.

— É pra eu me sentir lisonjeado?

— Você é livre pra sentir o que quiser.

— Bom, então sou livre pra sentir que você deveria ser mais simpática com seus vizinhos.

— Claro. Assim como eu sou livre pra sentir que você deveria cuidar da sua vida e não ser irritante.

Eric soltou uma risada involuntária. Não foi incrédula ou irônica; ele genuinamente tinha se divertido com meu comentário.

— Você me viu uma vez e já me acha irritante?

Bombom se afastou de mim para se sentar ao lado do dono e me encarou com os enormes olhos caramelo, entortando a cabeça de um jeito fofinho.

— Café — respondi, sabendo que era o suficiente.

Foi a vez de Eric revirar os olhos.

— Você vai ter que superar isso em algum momento.

— Claro, pode deixar, qualquer coisa eu vou te avisando — rebati, com a voz carregada de sarcasmo e um sorriso forçado no rosto.

Eu me virei, caminhando em direção ao apartamento de Lunito e erguendo levemente o queixo para lhe mostrar que a conversa tinha terminado.

— Talvez eu devesse te denunciar pra síndica pela desordem no corredor.

Parei quando ouvi o tom divertido de Eric. Eu sabia, não consigo explicar bem como, que ele não estava falando sério e que não faria nada daquilo, mas a provocação me irritou de qualquer maneira. Virei para encará-lo e ergui uma sobrancelha.

— Ela e o Lunito são amigos. Vamos ver no que vai dar.

Eric deu um passo para a frente, mantendo um olhar desafiador em mim.

— Usar relações pessoais pra lidar com situações políticas é bastante antiético, Pietra.

Eu odiei que ele soubesse meu nome, como se estivesse me vencendo em uma competição. Odiei mais ainda o quanto ele fazia "Pietra" soar elegante e encantador, me fazendo achar o nome até mais bonito. Mandei esse pensamento para bem longe.

— Já viu como anda o cenário político do nosso país? — rebati.

Eric deu mais um passo. Por que ele estava se aproximando? E será que ele não podia tirar aquele sorriso maldito do rosto?

— A gente precisa fazer nossa parte como cidadãos, sabe? Não fazer no dia a dia as mesmas corrupções e mentiras que odiamos ver no Planalto, coisa assim. Pelo menos é nisso que acredito.

— Quer uma medalha por fazer sua obrigação? — perguntei, em tom irônico.

Eric estava tão perto que eu conseguia sentir o cheiro suave do shampoo que ele tinha usado. Seu sorriso incomodava ainda mais quando visto a menos de um passo de distância, principalmente quando eu precisava olhar para cima para conseguir manter o contato visual.

— Se você quiser me dar tanto assim, vou ficar feliz.

Claro que aquele comentário foi feito bem quando uma senhora, a terceira moradora do nosso andar, terminava de subir as escadas. Ela parou assim que ouviu o que Eric tinha dito. Olhei na direção da mulher, vendo seus olhos se arregalarem.

Ela tentou forçar um sorriso para nós, apressando o passo para chegar ao seu apartamento e desaparecer lá dentro.

Ótimo. Minha vizinha de meia-idade agora achava que eu mal tinha chegado ao prédio e já estava flertando pelos corredores. Senti meu rosto inteiro queimar. Eric pelo menos teve a dignidade de fazer uma careta, constrangido e arrumando os óculos de armação vermelha — um modelo diferente do que estava usando na primeira vez.

— Isso soou melhor na minha cabeça — se justificou Eric.

Bombom passou pelas minhas pernas, parecendo se desculpar pelo dono. E só por isso eu preferi não continuar aquela conversa. Sorri para o cachorro e me virei de costas, mais uma vez indo na direção do meu apartamento e tentando não pensar nas possíveis fofocas que a vizinha espalharia pelo prédio.

— Ei, e a sujeira no chão? — perguntou ele. — Não vai limpar?

Olhei com desdém por cima do ombro, destrancando a porta.

— Deixa pro animal lamber.

— O Bombom não pode comer isso.

Peguei as sacolas de compras que ainda repousavam no chão e entrei pela porta, lançando um último olhar para Eric.

— Eu não estava falando do cachorro.

Quando ouvi Lunito chegando em casa no começo da noite, eu tinha apenas um plano: aproveitar a mudança brusca de temperatura para passar horas embaixo de um edredom no sofá falando mal do vizinho insuportável e obrigando meu padrinho a assistir a estreia da nova temporada de *Jeitinho Doce* comigo.

Talvez ele hesitasse em aceitar minhas críticas a Eric, já que parecia, por algum motivo que fugia à minha compreensão, gostar dele. No entanto, meu padrinho não recusaria o convite de passar as duas horas seguintes assistindo a uma competição de confeitaria, ainda mais quando a nova temporada prometia muito entretenimento com o acréscimo de uma nova apresentadora.

Caminhei até a sala para encontrá-lo e colocar meus planos em ação sem que ele pensasse muito, mas congelei no momento em que encontrei Lunito parado na frente da porta fechada com uma expressão bastante consternada.

— O que foi, padrinho?

Seus olhos estavam quase arregalados ao me encarar.

— Pita, temos um problema.

— Qual? Se tiver alguma coisa a ver com a sujeira lá fora no corredor, não foi minha culpa.

— Quê? Não tem sujeira no corredor.

Bem, pelo menos Eric tinha dado um jeito no caos que *ele* havia causado.

— Então qual o problema?

Lunito tirou a bolsa transversal que sempre carregava ao ir para o Deolinda, jogou-a no sofá e andou de um lado para o outro na sala, coçando a nuca e balbuciando palavras incompreensíveis. Decidi esperar o tempo dele e me sentei na poltrona antiga com revestimento desgastado que ficava ao lado do sofá. Abracei uma almofada e fiquei o observando, esperando que se explicasse.

De repente, meu padrinho parou bem à minha frente, respirou fundo e falou:

— Sua mãe ficou me ligando o dia inteiro, o que a gente já imaginava que ia acontecer.

— É, ela me ligou várias vezes também. Ignorei o dia todo.

— Era esse meu plano também, mas, quando me cansei e atendi, ela encheu tanto, mas tanto, os meus ouvidos que acabei falando mais do que deveria.

Meu corpo gelou na mesma hora.

— Você... contou a verdade pra ela?

— Muito pior! — Ele esfregou a testa e fechou os olhos. — Eu aumentei sua mentira! Ela tava tagarelando sem parar,

Pita. Já tava me botando tonto, sabe? Sua mãe conhece a arte de manipular, aquela mulher é...

— Padrinho! — exclamei, impedindo que ele divagasse ainda mais. Ele me encarou e eu sustentei seu olhar. — O que você falou pra minha mãe?

Lunito suspirou e fez uma careta.

— A Carmen ainda queria saber quem você estava namorando, aí eu entrei em pânico e acabei falando que seu namorado era meu vizinho, o Eric.

— Você disse o quê?! — Dei um pulo na mesma hora, me colocando de pé e esbugalhando os olhos.

Lunito coçou a nuca mais ainda, claramente arrependido.

— Pita, me perdoa! Eu não sabia o que fazer. Nunca disse que seria bom nisso de enganar seus pais.

Fiquei bastante irritada, mas não exatamente com meu padrinho. Fiquei irritada comigo mesma.

— Desculpa, bonequinha — murmurou Lunito, com os olhos brilhando e esticando as mãos na minha direção.

Respirei fundo, me sentindo horrível por fazer Lunito sentir necessidade de se desculpar por algo que nem era responsabilidade dele. Era minha culpa ele ter tido que passar por aquela situação ridícula.

Estiquei os braços e segurei sua mão, apertando suavemente seus dedos.

— Tá tudo bem, padrinho. Não tem problema. Vou dar um jeito nisso.

Só que eu não sabia nem por onde começar.

7

Acordei sentindo uma coceirinha boba na garganta. Não levei a sério até que vieram os espirros, a dor de cabeça e a fadiga. Tive um pouco de febre e fiquei meio sonolenta por causa do medicamento. A gripe tinha me pegado de jeito.

Era nesse estado agonizante e contemplativo de sofrimento em que eu estava quando ouvi os latidos no corredor. Não demorou muito para tocarem a campainha. Cogitei ignorar, mas pensar no barulho estridente soando de novo e me dando mais dor de cabeça me fez estremecer. Lutando contra todo o cansaço, me esforcei para me levantar do sofá e caminhar até a porta.

Espiei pelo olho mágico. Vi Eric com uma mochila nas costas, vestindo a mesma camiseta que usava na vez em que assassinou meu iogurte, junto a um Bombom inquieto que andava em círculos em torno de uma sacola repousada no chão. Abri a porta, esquecendo que meu cabelo estava preso de um jeito desajeitado, que vestia uma calça de moletom rasgada e uma camisa velha do Semba. Cruzei os braços assim que Eric me encarou, sua expressão deixando bem claro que ele não ignorou meu estado acabado.

— Posso ajudar? — perguntei, sem estar realmente interessada na resposta.

— O Lunito tá em casa?

— Não, ele precisou ir correndo na ONG pra resolver uma emergência.

Eric fechou os olhos e praguejou baixinho. Em seguida, seus dedos digitaram apressados no celular, enquanto Bombom, agora parando de latir, veio em minha direção e se colocou de pé nas patas traseiras para apoiar as dianteiras nas minhas coxas. Forcei um sorriso preguiçoso e acariciei a cabeça do cachorro.

— Você parece doente — disse Eric, sem tirar os olhos do celular.

Bombom estava lambendo minha mão carinhosamente quando ouvi o comentário. Respondi em tom irônico, sem conseguir evitar um sorriso para o cachorrinho:

— Uau, parece que seu dono é um detetive brilhante!

Eric me ignorou e deu um passo à frente.

— Sério, o que você tem?

Quase tinha me esquecido do quanto ele era alto. Eu não me considerava uma pessoa baixa com meus quase um metro e setenta, mas para conseguir encarar meu vizinho precisava jogar a cabeça um pouco para trás. Também não me lembrava de ele ser tão cheiroso.

— Resfriado, provavelmente.

— Você deveria estar deitada, então.

Cansado da posição em que estava, Bombom se sentou, encostando o focinho na minha calça e farejando sem parar. Aproveitei para me recostar no batente, jogando todo o peso no ombro em contato com a parede.

— Eu tava tentando. O que você quer com o Lunito?

Eric suspirou e finalmente levantou a cabeça. Também tinha me esquecido do quanto seus olhos castanhos eram escuros, e, diferente das outras vezes, seu queixo quadrado e maxilar estavam cobertos por um vestígio de barba por fazer.

— A *pet sitter* do Bombom não apareceu e não tá me respondendo. Eu ia ver se o Lunito cuidava dele pra mim hoje. Vou precisar passar o dia inteiro fora por causa de um campeonato em Campinas e já tô atrasado.

Ele passou a mão pelo cabelo liso, bagunçando ainda mais os fios desalinhados. Sua expressão me causou uma pontinha de compaixão e, antes que me desse conta, eu estava dizendo:

— Posso cuidar do Bombom.

Eric franziu a testa e me olhou desconfiado.

— Você?

— É, ué.

Sua expressão não se suavizou; ele ainda me encarava como se eu tivesse sugerido a ideia mais absurda do mundo.

— Como vou saber se você vai tratar ele bem?

Revirei os olhos com a pergunta, o que fez minha cabeça latejar.

— Me respeita! Não é porque eu não vou com a sua cara que vou fazer alguma coisa contra o seu cachorro. Na real, eu gosto muito do Bombom. — Estiquei o braço para acariciar o cachorro, que correu por entre minhas pernas e foi para dentro do apartamento, parecendo entender nossa conversa. — Viu? Ele já tá até se sentindo em casa.

Eric meneou a cabeça.

— Não sei, não...

— Você não ia deixar ele com o Lunito? É quase a mesma coisa.

— O Lunito não me odeia.

— Eu não te odeio. Só não sou sua maior fã.

— Isso é suspeito o suficiente.

Já estava começando a ficar irritada com o sorriso que começava a se formar em seus lábios. Me controlei para não revirar mais uma vez os olhos e apenas dei de ombros.

— Bom, não sou eu que faço uma cagada toda vez que a gente se encontra.

— Sério, Pietra, você vai precisar superar essas coisas se quiser ser minha amiga.

Estreitei os olhos em sua direção, levantando o dedo indicador ao falar:

— Eu não quero ser sua amiga, só tô me oferecendo pra cuidar do Bombom, porque gosto muito dele. É pegar ou largar.

Ele olhou para o relógio no pulso e mais uma vez conferiu o celular, antes de entortar a cabeça para enxergar dentro do apartamento, encarando um Bombom confortável em cima do sofá. Eric mordeu o lábio e se voltou mais uma vez para mim com os olhos carregados de dúvidas.

— Tem certeza?

Seria quase bonitinha a forma com que ele parecia não querer incomodar, se eu não estivesse exausta e querendo voltar para o meu merecido repouso.

— Eu não vou sair de casa hoje e a companhia vai ser bem-vinda.

Ele assentiu algumas vezes, quase como se quisesse se convencer daquilo, e se curvou para pegar a sacola que tinha deixado no chão. Dentro dela dava para ver a ração, uma coleira de passeio e mais alguns outros objetos. Eric entregou-a para mim.

— Tudo bem, aí tá a comida dele. Tem um jornal também, é só colocar num canto que o Bombom faz as necessidades dele lá, e prometo que limpo assim que voltar.

— Ok.

— Vai, me passa seu número — disse Eric, levantando o celular e esperando minha resposta, mas apenas estreitei os olhos, ressabiada. Foi sua vez de revirar os olhos. — É só pra eu te mandar uma mensagem e você ter meu contato se precisar.

Ainda meio contra minha vontade, dei meu número para ele, e quase na mesma hora ouvi meu aparelho vibrando na mesa da sala. Eric guardou o celular no bolso e voltou a me encarar, com a expressão um pouco preocupada.

— E se ele latir demais...

— Pelo amor de Deus, Eric, eu sei cuidar de um cachorro! — Balancei as mãos, enxotando-o. — Vai embora logo, eu quero deitar.

Os cantos dos lábios de Eric se curvaram em um sorriso e ele ajeitou a mochila nas costas.

— Tá bom, tá bom!

Apesar da reação positiva e de ele finalmente ter se afastado, caminhando em direção à escada, Eric continuou com um olhar receoso fixo em mim.

— Eu não vou fazer nada com o Bombom! — assegurei pela última vez.

Ele meneou a cabeça, rindo, e finalmente foi embora. Não esperei ele mudar de ideia. Voltei para dentro do apartamento e tranquei a porta atrás de mim.

Me aconcheguei ao lado do Bombom no sofá e estiquei o braço para pegar o celular em cima da mesa, curiosa para ver a mensagem que Eric tinha me mandado. Cliquei na notificação do recado enviado de um número desconhecido.

> pode salvar meu contato como vizinho favorito 😌

Bufei. Que convencido!

Desliguei a tela do celular e voltei ao meu repouso.

Acordei dando um pulo do sofá ao ouvir o barulho da campainha, assustando a criaturinha peluda que estava deitada sobre minhas pernas. Tínhamos passado a tarde toda daquele jeito, esparramados no sofá e cochilando de hora em hora. Cheguei a me levantar para almoçar e colocar comida para o Bombom, mas me sentia tão exausta que só tive força suficiente para comer e voltar a dormir. O cachorro não saiu do meu lado e fez questão de me dar muita atenção.

— Como uma coisinha tão fofa tem um dono tão irritante? — perguntei para o bichinho antes de me levantar, acariciando sua cabeça.

Minha cabeça quase não doía mais e até a garganta parecia arder menos, ao contrário da fadiga que não queria deixar meu corpo. E foi por conta disso que demorei mais do que o necessário para chegar até a porta e receber Eric. Ele estava parado do mesmo jeito que aparecera mais cedo, mas agora uma de suas mãos segurava um pote redondo e uma colher.

— Claro que é você — constatei. — Não morre tão cedo.

— Falando de mim, é? Eu sabia que você ia se render — Eric rebateu.

— Tava perguntando pro Bombom como ele pode ser tão fofo tendo um dono tão irritante.

Tentando esconder um sorriso, Eric disse:

— Tô vendo que você ainda tá mal.

Minha única resposta foi um grunhido grotesco. Não esperei para ver a reação de Eric; deixei a porta aberta e voltei para o sofá de onde não queria ter saído, me aconchegando de novo ao lado do cachorro, que agora estava sentado, com as orelhas em pé e o rabo abanando por ver seu humano. Abracei o pescoço do bichinho e avisei:

— O Bombom não quer voltar com você.

Eric entrou no apartamento mesmo sem convite e fechou a porta atrás de si. Foi meio estranho ver uma pessoa praticamente desconhecida andando por ali, mas estava cansada demais para me importar.

— Sua vingança pelo café agora vai incluir sequestro de cachorro?

— Talvez.

A resposta o fez rir. Ele parou bem na minha frente, e talvez fosse vestígio da febre de antes ou o sono que ainda sentia, mas não consegui piscar por algum tempo, encarando-o enquanto ele ria e prestando uma atenção exagerada na semicovinha que apareceu em sua bochecha.

Ele esticou o braço para fazer carinho no Bombom com uma das mãos e com a outra me entregou o pote. Encarei meu vizinho, franzindo a testa.

— O que é isso?

— Sopa.

Não era uma resposta muito esclarecedora. O pote era meio transparente e dava para ver o conteúdo, mas não era realmente isso o que eu queria saber.

— Por quê?

— Porque você tá doente e fraca e precisa comer.

— Mas... por quê?

— Porque eu sou um vizinho melhor do que você — disse Eric, cansando das perguntas e colocando o pote morno em minhas mãos junto com a colher. — Além do mais, apesar das acusações injustas, você cuidou do Bombom. Entenda como um agradecimento.

Abri a tampa, recebendo um vapor delicioso no rosto. Parecia ter uma boa consistência e não encontrei nenhum legume do qual eu não fosse fã, o que era péssimo, já que estava tentada a negar o presente só por despeito. Meu orgulho, no entanto, não parecia se comunicar muito bem com meu estômago, que se revirou todo quando o cheiro da comida invadiu o ar. Aproximei o nariz e respirei fundo.

— Não tá envenenada — garantiu Eric.

— Você dizer isso só torna mais suspeito.

— Come logo.

Estreitei os olhos para encará-lo, seu tom autoritário quase me fazendo esquecer a gratidão que começava a me dominar.

— Onde você colocou o jornal do Bombom? — perguntou, ignorando minha expressão.

— Área de serviço.

Apontei na direção da cozinha, mas Eric nem precisou da instrução. Ele sumiu de vista, atravessando a entrada que levava até a cozinha; enquanto isso, me permiti apreciar a comida quentinha.

Quando coloquei a primeira colherada na boca, não consegui conter um gemido baixo de satisfação. Fiquei feliz por Eric não estar por perto. Talvez fosse só minha fome ou o paladar meio abalado pelo resfriado, mas aquela era a sopa mais gostosa que eu já havia comido. Muito bem temperada, um caldo consistente e saboroso, com pedacinhos de batata doce, abobrinha e cenoura, misturados com os cubinhos de carne e macarrão. Exatamente tudo o que uma boa sopa deveria ter.

Já estava quase terminando de comer quando Eric voltou para sala, carregando a sacola com as coisas de Bombom em uma das mãos e uma caneca fumegante na outra.

— O que é isso?

— Fiz um chá de gengibre com limão e mel — respondeu ele, despreocupado, e se aproximou de mim, colocando a caneca na mesinha de centro bem à minha frente. — É ótimo pra resfriado.

Olhei para a caneca e depois para os últimos pedaços de cenoura que restavam no pote.

— Você tá sendo legal demais...

— Eu sou um cara legal, Pita.

Quase me engasguei com a última colherada da sopa quando ouvi o jeito como ele me chamou.

— Você falou "Pita"?

Eric repuxou um canto da boca, muito orgulhoso de si mesmo, e cruzou os braços, me encarando.

— Eu tava conversando com o Lunito esses dias e ele te chamou assim. Fofo.

Estiquei o braço segurando o pote vazio com a colher na direção de Eric e arqueei uma sobrancelha.

— Não me chama assim.

Eric aceitou o pote e perguntou logo em seguida:

— Por que você odeia o seu apelido?

— Eu não odeio. Só minha família e meus amigos me chamam assim e é muito esquisito te ouvir falando. Eu nem te conheço direito.

— Isso é fácil de resolver.

A resposta foi tão cheia de entusiasmo e animação que me assustei um pouco. Só queria me deitar e dormir mais, não fazer novas amizades.

— Não, obrigada — falei.

Eric me ignorou e jogou o pote sujo dentro da sacola, usando a mão livre para pegar o celular no bolso da calça.

— Vamos começar sendo amigos na internet.

Seus dedos deslizaram pela tela do aparelho por alguns segundos e logo recebi a notificação. Eric me encarava sorrindo, e meneei a cabeça, incrédula, ao pegar meu celular e ler a solicitação para seguir meu perfil no Instagram estampada na tela.

— Eu não vou te aceitar.

— Por que não? Eu sou seu vizinho legal. — Ele apontou para o cachorro ao meu lado, que entendeu tudo como uma brincadeira e lambeu a mão de Eric. — Tenho um cachorro que você parece adorar. — A mão que segurava a sacola balançou suavemente. — E te trouxe sopa!

Não vou mentir, os argumentos eram bons. Tirando o fato de que eu não sentia confiança suficiente para classificá-lo como "legal", eu estava mesmo perdidamente apaixonada pelo serzinho peludo que havia sido uma ótima companhia. E a sopa tinha salvado minha noite. Só que era difícil calar o rancor que vivia dentro de mim.

— Café. Quente — respondi, ressaltando cada palavra.

— Não estava nem morno.

Estreitei os olhos, sem quebrar o contato visual que Eric parecia empenhado em manter.

— Iogurte.

Ele teria passado mais alguns minutos me encarando sem piscar, mas minha resposta o distraiu e sua mão foi até os óculos para ajustá-los no rosto.

— Isso foi sua culpa. E você ainda me chamou de animal!

— Eu nem ao menos percebi a risada que deixei escapar antes de ser tarde demais. Eric estreitou os olhos. — Você não merece minha sopa.

— Tá, e qual é a sua desculpa por ter me ignorado no dia em que me mudei? — Eric pareceu confuso com essa acusação, franzindo a testa e sem desviar o olhar. Bufei, odiando ter que explicar algo que ele já sabia. — O elevador. Eu tava entrando no prédio com umas caixas e a mala, pedi pra você segurar a porta e adivinha? Você fingiu que nem me viu.

Ele olhou para o nada por uns segundos, pensativo, talvez tentando encontrar na memória o dia exato em que havia sido um babaca.

— Eu não fingi, só não te vi mesmo. Não me lembro disso.

— Eric, eu te chamei!

Ele deu de ombros.

— É bem possível que eu estivesse com fone de ouvido. Eu teria segurado a porta e te ajudado se tivesse ouvido, Pita. Eu sou um cavalheiro!

Estreitei os olhos. Tudo bem, o argumento não era ruim; era perfeitamente possível que ele não tivesse me visto ou ouvido. Um pouco constrangida e querendo muito que o assunto morresse, pigarreei e repeti mais uma vez:

— Não me chama assim.

Bombom latiu para Eric, reforçando meu pedido. Obrigada, Bombom. Sorri para o bichinho e ele ficou mais alegre, pulando para o meu colo. Não me importei, deixei que ele me enchesse de pelos e lambesse metade da minha cara.

— Obrigado por tomar conta dele — disse Eric.

— Acho que foi ele que tomou conta de mim.

Recebi mais demonstração de carinho do cachorro, quase como se ele tivesse entendido o que eu tinha dito, para em seguida ouvir os passos de Eric se afastarem em direção à porta.

— Vem, Bombom! — chamou ele, assoviando em seguida.

Com aquele comando, o bichinho não esperou nem mais um segundo para pular do sofá e correr atrás de Eric. Os dois estavam parados na entrada, Bombom cheirando a sacola com seus objetos e meu vizinho pronto para ir embora.

— Eric — chamei, antes que ele saísse. — Obrigada pela sopa. E pelo chá. — Vi um sorriso começar a nascer em seu rosto, então logo me apressei em completar: — Isso não quer dizer que somos amigos.

Eric riu baixinho e balançou a cabeça antes de sair do apartamento, dizendo:

— De nada, Pita.

Abri a boca para mandá-lo não usar meu apelido, mas, antes que dissesse algo, ele foi embora. Praguejei baixinho, me inclinando para pegar a caneca de chá. O cheiro estava uma delícia, assim como o sabor. Droga.

Peguei meu celular mais uma vez e observei por alguns segundos a notificação que tinha recebido. Aceitar Eric entre meus seguidores depois de ele ter sido até que simpático não seria um grande sacrifício...

Sem pensar muito, aceitei a solicitação e o segui de volta.

8

Minha mãe não passava um dia sem mandar mensagens me perguntando algo novo sobre Eric. Como ele é? Quantos anos tem? Trabalha com o quê? Já conheceu os pais dele? Na maior parte do tempo, eu só ignorava, mas às vezes inventava qualquer coisa para que ela sossegasse.

E, assim, a pequena mentira que Lunito havia jogado em cima das minhas tornava o estrago ainda maior.

Meu humor tinha piorado com a chegada de uma nova mensagem de mamãe quando decidi acompanhar Lunito até o Espaço Deolinda Madre. Precisava ocupar a cabeça e não ser corroída pela culpa. Ajudar com algum trabalho manual no jardim do Deolinda seria muito bem-vindo naquele dia nublado.

Depois de passar boa parte da tarde ajudando Lunito a adubar uma porção da terra, decidi que precisava de um descanso. Não só por meus joelhos estarem doendo, mas porque estava cansada de me sentir um lixo ouvindo meu padrinho se desculpando um milhão de vezes.

Me sentei no banco do pátio interno e relaxei enquanto tomava um Mupy de morango, deixando o sabor de infância me inundar de tranquilidade. O momento, no entanto, não durou muito tempo, já que uma garota emburrada se sentou ao meu lado, bufando de raiva.

Quando a encarei, logo a reconheci. Era a mesma menina que eu tinha visto ali brigando com a mãe na última vez que estivera por lá. Como naquela ocasião, ela não parecia nada contente, mas agora, sentada com o violão dentro da capa surrada em seu colo, a menina estava sozinha.

Ela não demorou para perceber que eu a encarava e me olhou brava e com uma sobrancelha grossa arqueada.

— Algum problema? — perguntou, em um tom bastante agressivo.

Apontei para mim mesma e ergui as sobrancelhas.

— Comigo? — disse. — Eu nem saberia por onde começar.

— A garota, completamente desinteressada na minha resposta, virou o rosto para o instrumento que carregava e o tirou de dentro da capa de couro. A madeira era tão brilhante que só podia ter sido comprado havia pouco tempo. Não consegui evitar um comentário: — Violão legal.

— Valeu — respondeu ela, orgulhosa. — Aproveitei uma grana que ganhei no meu aniversário de quinze anos pra comprar.

— E tá fazendo aula aqui?

Ela assentiu.

— A turma é pequena e o professor é um pouco chato, mas eu gosto de aprender. Não tava conseguindo tirar muita música sozinha.

— É, eu também só consegui aprender com ajuda no começo.

Seus olhos se viraram de novo para mim, agora brilhantes e curiosos.

— Você sabe tocar?

— Um pouco — menti. — Meu padrinho me ensinou quando eu era pequena.

— Uau. Queria que minha família me apoiasse assim.

O comentário fez meu estômago se revirar por um segundo, mas não falei nada. Não queria entrar em detalhes sobre como meus pais não apoiavam meu envolvimento com a música, pelo menos não mais. Achei melhor focar nos problemas dela e não derramar os meus em uma adolescente desconhecida.

— Eles não gostam que você toque? — perguntei.

A garota fez uma careta e meneou a cabeça.

— Minha mãe acha que tô perdendo tempo. Que deveria passar a tarde estudando, que música não dá em nada.

Eu conseguia ouvir ecos daquilo em minha memória, em vozes familiares e queridas. Sabia como aquela falta de estímulo podia magoar, como podia arrancar algo de dentro da gente. Mas, por algum motivo, aquela garota não parecia ceder.

— E você vem todo sábado mesmo assim.

Ela deu de ombros.

— Já sou quase adulta, posso fazer minhas escolhas.

Ela disse isso com tanta sinceridade que até fiquei surpresa. Como ela, aos quinze anos, se sentia tão adulta e certa de si, enquanto eu, aos vinte e cinco, nem sabia o que fazer da vida? Admirei sua coragem na mesma hora, e senti um carinho enorme pela garota, porque ela me lembrava da menina que um dia eu havia sido.

— Por que você gosta tanto de tocar violão?

Ela olhou para o instrumento, passando os dedos lentamente pelas cordas e refletindo sobre a pergunta.

— Sei lá — respondeu. — Eu fico bem quando tô com meu violão. Me sinto forte, confiante, poderosa. Até mais bonita.

Eu entendia muito bem. Aprendi a me amar segurando um violão.

Antes de começar a tocar, lá pelos treze anos, tinha muita vergonha e até certa raiva do meu corpo. Não que a jornada de gostar de mim mesma tivesse terminado em algum momento, mas nunca me esqueci de como me senti mais confiante ao segurar o violão do meu pai pela primeira vez e arriscar alguns acordes. Sei que não é o que querem dizer quando usam a expressão "corpo violão", porém, naquele momento, meu corpo inteiro era violão. Eu me enroscava no instrumento e ficávamos mais bonitos juntos, como se pertencêssemos um ao outro. E o sentimento só aumentou quando meus dedos aprenderam a tirar músicas do pedaço de madeira que me ensinou a me ver com mais carinho.

— Sei o que quer dizer.

Ela abriu um sorriso tímido antes de falar:

— Eu me chamo Alice.

— Prazer, Alice. — Sustentei seu sorriso, não só porque estava querendo a aprovação daquela garota que mal conhecia, mas porque estava mesmo me sentindo mais feliz depois da rápida conversa. — Meu nome é Pietra.

— Você pode tocar uma música? — perguntou ela, empurrando o violão para o meu colo antes mesmo de eu responder.

Pestanejei, sem saber o que fazer. Não esperava por aquele pedido nem pelo pouco espaço que ela deixou para eu dizer não. Alice me encarava com tanta expectativa e admiração que não tive como decepcionar a garota. Engoli em seco, respirei fundo e assenti, jogando no lixo ao meu lado o saquinho já vazio do leite de soja.

Dedilhei as cordas e sorri involuntariamente ao senti-las vibrar. Não estava pensando em nenhuma canção específica, apenas apreciei a sensação de segurar o instrumento, de sentir a madeira gelada contra a pele e o som ecoar. Era como se cada acorde embalasse minha respiração, se aninhasse com as batidas do meu coração. Não importava quanto tempo estivesse longe, a música sempre seria meu lugar seguro, meu lar. Não tinha como fugir disso.

Me dediquei à canção por mais alguns segundos, tentando ignorar a afinação esquisita do violão e as dores que sentia nos dedos desacostumados. Ainda assim, lembrava da melodia de cabeça e meu corpo parecia saber exatamente o que fazer. Quando terminei, Alice bateu palminhas empolgadas ao meu lado.

Fiz uma careta, constrangida, e devolvi o instrumento para ela, dizendo:

— Tô meio enferrujada.

— Não! — disse Alice, fascinada. — Foi muito legal! Espero tocar assim um dia.

Forcei um sorriso para ela.

— Você vai.

Um garoto passou por nós e chamou Alice antes de seguir até uma das salas que havia ali. Alice, sem se preocupar muito com despedidas, pulou do banco para se colocar de pé e acenou um adeus antes de sair correndo atrás do amigo com seu violão.

— Fazia tempo que não te via tocar.

Meu corpo inteiro tremeu de susto quando a voz de Lunito surgiu do nada. Não tinha visto que ele estava bem atrás de mim, nem sei quando ele havia chegado ali, mas, pelo visto, mais cedo do que eu gostaria.

— Eu não tocava há um tempo — comentei.

— Você sempre foi muito talentosa — continuou ele, se aproximando e se sentando no lugar vago de Alice. — No violão, no piano, música em geral.

— Isso já faz tempo.

— Não tanto assim. E você ama música. Lembra quando o Carioca prometeu que ia te levar no Rock in Rio e você não deu um segundo de paz pro coitado o ano inteiro?

Soltei um riso baixo com a lembrança.

— Foi um pouco antes do Semba acabar, né?

— Você encheu tanto a paciência do coitado na época que ele quase deu um fim no grupo e voltou pro Rio — brincou Lunito.

— Que saudade do Carioca — suspirei.

Lunito assentiu, concordando, e depois disso um longo silêncio se instalou entre nós. Eu sentia que meu padrinho queria falar mais alguma coisa, quase conseguia ouvir seu cérebro maquinando a melhor forma de dizer o que estava pensando. Fiquei quieta, esperando seu tempo.

— Nunca pensou em dar aulas e passar esse amor pra frente? — sugeriu, enfim, Lunito. — Acho até que consigo algo pra você aqui no Deolinda.

Minha relação com a música era complexa demais para cogitar seguir por esse caminho. Porém, eu precisava de dinheiro. Não estava em posição de descartar nada.

— Pode ser... — me vi concordando.

9

Naquela noite de sábado, estava completamente investida no novo episódio de *Jeitinho Doce*.

Era grande fã do programa e aquela temporada tinha uma nova apresentadora, todos estavam comentando sobre como a nova contratação podia fazer *Jeitinho Doce* ficar mais caótico e divertido. A receita para o sucesso.

Estava me divertindo com os preparos desastrosos de pavlovas, me ocupando do desespero dos outros e ignorando meus problemas, como qualquer outra jovem adulta. De repente, um raio forte cortou o céu. Antes mesmo de eu virar o rosto na direção da janela, um trovão retumbou. Meu corpo inteiro tremeu na mesma hora.

Eu odiava trovões.

Não demorou muito para as gotas enormes da chuva colidirem contra o vidro e a tempestade se apresentar por completo. Água, barulho, lampejos. A trilha sonora dos meus pesadelos. Para piorar, em poucos minutos, a luz do prédio, e talvez da rua, apagou. Ótimo. Estava sozinha, sem energia e sem distração. Meus ossos pareciam ecoar o tremor causado por cada um dos trovões que rompiam do lado de fora. Meu coração ficou mais agitado no peito. Senti vontade de chorar.

Acendi a lanterna do celular para encontrar as velas que me lembrei de ter visto na gaveta da cozinha. Acendi algumas e as deixei na mesinha de centro da sala, depois aproveitei para ligar para a companhia elétrica. Para minha completa infelicidade, uma resposta automática avisou que o serviço só se estabilizaria por volta das duas da manhã. Excelente.

Olhei em volta, procurando algo que pudesse me fazer esquecer o mundo caindo lá fora. Preso à parede por um suporte, bem ao lado do rack, estava um dos vários violões de Lunito. Me levantei do sofá em um pulo junto com o estrondo de um novo trovão. Caminhei depressa até o instrumento antes de voltar a me sentar com ele aninhado no colo. Lunito cuidava muito bem do violão; mesmo ele ficando exposto, a madeira estava lustrada e sem poeira nenhuma. Só precisei passar o dedo nas cordas uma vez para perceber que além de tudo também estava afinado.

Não estava planejando tocar nada em particular; comecei dedilhando as cordas suavemente, mas, como isso não cobria o barulho alto da tempestade, escolhi uma música qualquer de cujos acordes ainda me lembrava. Por algum motivo, foi mais fácil me lembrar da melodia do que da letra da música, mas arrisquei cantar mesmo assim. Aumentei a voz aos poucos, competindo com a confusão lá de fora.

Um barulho diferente surgiu, e parei de tocar na mesma hora. Eram batidas fortes na porta. Lunito não tinha uma memória muito boa, mas será que havia se esquecido das chaves pela terceira vez na semana?

Assim que abri a porta, vi Eric banhado pela luz da lanterna do próprio celular. Ele me encarou com as sobrancelhas erguidas e depois seu olhar recaiu sobre o violão que eu segurava.

— Caramba, era você mesmo cantando? — disse Eric, surpreso. — Quase achei que ainda tivesse energia por aí e que vocês tavam ouvindo algo na televisão.

Eu não era uma pessoa envergonhada, mas me senti constrangida ao perceber que podiam me ouvir de outros apartamentos.

— Não, parece que apagou a rua inteira — respondi. — A previsão é que volte até de madrugada.

Eric jogou a cabeça para trás, grunhindo. Bombom aproveitou esse momento para sair de seu apartamento correndo até onde estávamos. Ele abanava o rabo, feliz, e me cercava sem parar. Me inclinei para acariciar seus pelos pretos.

— Oi, neném! Você tá be...

A droga de um trovão me interrompeu. Alto e assustador. Na mesma hora que meu corpo tremeu, Bombom colocou o rabo entre as pernas e abaixou as orelhas. O cachorro não esperou um segundo sequer antes de sair correndo para dentro do meu apartamento e se enfiar no espaço embaixo do sofá.

— Bombom! — Eric o chamou, se virando para mim em seguida. — Desculpa, ele morre de medo de trovão.

Meneei a cabeça e me virei para voltar à sala, deixando a porta aberta.

— Tá tudo bem, ele é de casa.

Eric inclinou o corpo para frente, invadindo o apartamento apenas com o tronco, enquanto os pés continuavam presos no corredor. Erguendo as sobrancelhas, ele perguntou:

— E eu...?

Revirei os olhos antes de me sentar no chão, bem ao lado de onde a cabeça de Bombom escapava para fora do sofá. Coloquei o violão em cima do estofado e encarei meu vizinho de novo.

— Entra, Eric — falei, em um tom nada convincente.

— Com um convite tão sincero, como posso negar? Muito obrigado, Pita. — Eric colocou uma das mãos sobre o peito em um gesto dramático ao entrar no apartamento, mantendo a porta aberta.

— Eu não falei pra você parar de me chamar assim? — perguntei, estreitando os olhos em sua direção.

Eric também se sentou no chão, ao meu lado, mas com a cabeça de Bombom funcionando como um muro entre nós dois. Os olhinhos caramelo do cachorro alternavam entre a gente de um jeito animado.

— Isso foi antes de sermos amigos — disse Eric. — Da época que eu nem sabia que você tinha uma foto superfofa toda vestida de Rebelde quando tinha treze anos.

Virei a cabeça na direção dele na mesma hora, com o rosto queimando de vergonha. Eu sabia muito bem de que foto ele estava falando, só não pensei que ele a veria. Uma foto que postei no meu perfil. Para meus amigos. Ao qual ele agora tinha acesso. Argh. Eu era uma adolescente muito apaixonada por RBD e com pouca vergonha de me expressar na internet; uma combinação desastrosa. Mas aquela postagem tinha mais de dez anos...

— Você me stalkeou?

Eric abriu um de seus sorrisos enormes.

— Não é pra isso que as pessoas usam redes sociais?

— *Eu* não te stalkeei.

— Bom, não tenho culpa se você tá usando a internet errado.

— Claro, porque o melhor uso da internet com certeza é futricar a privacidade dos outros.

— Não é privado se você postou.

Precisava me lembrar de deletar aquela foto assim que a energia voltasse.

— Você veio aqui por algum outro motivo além de me perturbar? — perguntei.

— Só fiquei curioso com a música.

Ah, claro. Aparentemente eu tinha feito um show privado para meu andar inteiro — e espero que só para ele — e nem havia me dado conta. Passei os dedos pelo braço do violão que continuava repousado sobre o sofá, refletindo a luz das velas no brilho da madeira lustrosa.

— Eu tava tocando um pouco pra me distrair.

— O tempo se arrasta quando a luz acaba, né?

Estava pronta para concordar e reclamar sobre perder meu reality de confeitaria, mas outro trovão cortou a noite. Esse pareceu ser bem mais perto, um barulho horripilante que fez meu corpo inteiro se arrepiar de uma só vez. Bombom choramingou. Eu sabia bem como era, amigão.

— Pietra... — A voz de Eric era suave, bem mais aveludada do que o normal. Abri os olhos, que nem tinha reparado que estavam apertados com força, e o encarei. — Você tem medo de trovão?

— Eu?! Claro que não! — respondi, ofendida como uma criança desesperada por demonstrar coragem. — Que boba...

Outro trovão. Um timing perfeito para destruir meu orgulho.

— É, claro que não — concordou Eric com ironia, deixando escapar um riso baixo.

— Você não tem nada melhor pra fazer?

— Sem luz? Não. Pelo menos aqui eu tenho o prazer da sua companhia. A não ser, claro, que você prefira que o Bombom e eu nos retiremos...

Mais um. Esse pareceu ter caído bem em cima do prédio de tão alto e longo que foi. Meus ossos tremeram junto.

— Pode ficar — concordei. — Pelo Bombom.

Eric apenas repuxou os lábios em um sorriso, sem dizer mais nada, porém palavras eram desnecessárias. Dava para ver o divertimento em seu olhar; ele não precisou de mais nada para se sentir à vontade. Puxando uma das almofadas do sofá e a colocando nas costas para ajeitar a postura, Eric parecia estar em casa.

— O Lunito não tá? — perguntou ele.

— Não, foi num encontro.

— Ah, com o bartender de novo?

Aquela pergunta me pegou de surpresa. Não que meu padrinho fosse a pessoa mais reservada do mundo; na verdade, muito pelo contrário: era preciso muito pouco para descobrir algo sobre Lunito. Ainda assim, ele não saía por aí falando da vida amorosa para qualquer um.

— Você stalkeou meu padrinho também? — perguntei.

Eric soltou uma gargalhada mais alta do que o normal, e até Bombom levantou as orelhas, sobressaltado. Foi um riso tão sincero que quase senti como se tivesse contado a melhor piada do mundo, o que me fez querer sorrir também.

— Algumas pessoas gostam de ser legais umas com as outras e até trocam informações pessoais — ironizou Eric. — Se chama "conversar" lá de onde eu venho. Você devia tentar um dia desses.

Abri a boca para rebater o comentário, mas, antes que as palavras se ajeitassem na minha mente, mais um trovão me tirou dos eixos, desaparecendo com qualquer raciocínio. Perdendo completamente o rumo e sem querer que ele me provocasse mais por ter medo de trovão, preferi mudar de assunto:

— Há quanto tempo vocês se conhecem? Você e meu padrinho.

Eric relaxou o corpo, se recostando ainda mais contra o sofá.

— Conheci o Lunito logo no dia que me mudei pra cá. Já faz uns cinco anos. O Bombom o viu saindo e foi pulando em cima.

Estiquei a mão na direção da cabeça peluda da companhia que tínhamos entre nós e afaguei preguiçosamente.

— Esse carinha é muito sociável mesmo — comentei, sorrindo.

— Você devia ver o sucesso que ele faz quando sai pra passear.

— Não me diz que você usa seu cachorro fofinho pra flertar com as pessoas na rua.

Eric riu.

— Talvez isso te surpreenda, mas não preciso da ajuda do meu cachorro pras pessoas gostarem de mim.

— Com certeza é sua personalidade adorável que encanta todo mundo e não o fato de você andar por aí todo convencido só porque é gostoso e aí acha que nada mais importa.

Eric virou o corpo um pouco de lado, se apoiando em um dos cotovelos para manter o olhar focado em mim.

— Sabe, eu acho que você sente certo prazer em me tratar mal. É seu lado sádico? Sem julgamentos, tá?

Naquele momento, apesar do comentário em tom de brincadeira, senti que precisava me esforçar um pouco mais. Afinal, ele andava sendo relativamente legal comigo nos últimos tempos.

— Tá bom, vou tentar melhorar — prometi.

Eric soltou um riso baixo, parecendo acreditar muito pouco na minha afirmação, mas seguiu com a conversa mesmo assim:

— Então começa me dizendo quando você começou a cantar e por quê, com uma voz dessas, nunca te vi num *reality* musical.

Fiz uma careta no mesmo instante.

— Credo, não. Eu canto e toco desde criança, mas, tirando um breve momento na adolescência, nunca quis me apresentar pra um grande público, num palco e tal.

— Por quê? Medo?

— Não, só não consigo me ver fazendo isso. — Eric estava me encarando de um jeito quase constrangedor de tão intenso. — Que foi?

— Nada. Tava esperando outra resposta. Acho que por você ser basicamente cria do Semba.

A maioria das pessoas podia pensar assim, mas era mais complicado do que parecia. Viver rodeada de música, principalmente quando era ainda muito pequena, me aproximou de um jeito mágico desse mundo; só que foi toda essa proximidade que me fez ver o sofrimento que a música causou ao meu pai.

— É, você ficaria surpreso com o quanto esse sentimento tem a ver com isso — respondi. — A vida de um artista pode ser frustrante.

— O Lunito me contou um pouco sobre como o grupo acabou depois da morte do seu tio.

Foi uma tragédia lastimável. Para o grupo, para o pagode da época e para a nossa família. Meu pai e meu tio eram inseparáveis, e essa perda com certeza ajudou a estremecer a relação já instável do meu pai com a música. Foi só a gota d'água que acabou com o Semba.

— Mesmo antes disso já não andava tão bem — me vi explicando. — "Balela" explodiu e até hoje todo mundo canta a música por aí, mas quase ninguém lembra quem cantava. Eles nunca foram muito valorizados.

— Uma droga isso. Mas ainda é uma música ótima.

Abri um sorriso na mesma hora, porque não pude deixar de concordar.

— É, sim.

Por certo momento ficamos só ouvindo o som da chuva lá fora, sem mais raios, mas não demorou muito para Eric romper o silêncio entre nós, esticando os braços até a mesinha de centro e batucando sobre o tampo. Olhei para ele, confusa, mas, assim que abriu a boca e começou a cantar, entendi. Aquela foi a versão mais desafinada de "Balela" que eu já ouvi na vida. Ele nem tinha chegado ao refrão quando deixei uma gargalhada explodir no ar.

— Eric, eu sei que prometi ser mais legal, mas é de todo o coração que digo isto: deixa o Semba cantar.

Eric parou as batucadas e fez um biquinho exagerado.

— Não foi tão ruim assim. — Bombom latiu e encostou o focinho na cintura de Eric. — Viu? O Bombom gostou.

— Você compra comida pra ele, esse julgamento não conta.

— Tá, vai lá então. Canta "Balela" pra gente.

Naquele instante, tentei lembrar da última vez que cantei alguma música do Semba. Provavelmente em algum momento da infância. Ainda podia me ver no meio do meu pai e do Carioca, cantarolando algo que eles compuseram.

— Sem chance.

— Por favor! Pela sopa do outro dia.

— Achei que aquilo era você sendo um bom vizinho, não uma arma de chantagem — falei, com os olhos semicerrados.

— Você é um pouco dramática, né? Vai, só o refrão.

Eric ergueu as sobrancelhas e voltou a batucar no ritmo da música. Meneei a cabeça na mesma hora.

— Desiste.

Ele bufou e deixou os ombros caírem, como uma criança frustrada. Era até meio bonitinho daquele jeito.

— Sou treinador de vôlei num clube perto daqui. — A mudança repentina de assunto me fez franzir a testa, mas Eric explicou: — É isso que vou seguir fazendo em vez de ir pra um musical, não se preocupa.

Fazia bastante sentido. Não só por seu porte atlético, mas também por já tê-lo visto usando uniforme do clube antes. De repente, me vi cheia de uma curiosidade enorme que não soube guardar dentro de mim.

— Você sempre quis ser treinador? — perguntei.

— Quem aos vinte e nove anos de idade é o que sempre quis ser? — rebateu Eric.

Eu o encarei por alguns segundos, sem saber muito bem o que dizer. Ele tinha feito aquele questionamento com tanta facilidade, como se fosse uma verdade universal, e, ao mesmo tempo, suas palavras pareceram traduzir vários sentimentos confusos que andavam me rondando. A sensação de alguém entender tão rápido e de maneira tão simples algo que nem eu mesma compreendia por completo era desnorteante.

Ainda assim, eu tinha exemplos do contrário na minha vida. Yumi sempre quis ser advogada. Assim como Carla, que queria ser professora desde criança. Duda talvez não tivesse sonhado em ser mestranda em Estudos Clássicos desde sempre, mas parecia feliz com a vida acadêmica. Lunito também conseguiu superar o fim do Semba e encontrar algo que amava.

— Muita gente, na real — respondi.

— Bom, algumas pessoas têm que lidar com as mudanças que a vida joga na nossa cara.

— E o que ela jogou em você?

— Um acidente de carro aos dezoito anos que me tirou meus pais e a possibilidade de continuar jogando na seleção brasileira de vôlei, um pouco antes do mundial, por causa de uma lesão que me deixou um bom tempo fora das quadras.

Eram muitas informações, e eu não estava pronta para receber nenhuma delas. Eric, diferente de mim, não parecia ter dificuldade alguma em revelar coisas sobre si. Ele era mais do que um livro aberto; era um livro sendo folheado de cabeça para baixo, sacudido para deixar cair tudo o que tinha dentro.

— Uau...

Destoando de tudo que acabara de dizer, Eric soltou um risinho.

— Foi mal, pesei o papo do nada, né? Mas já faz tanto tempo que é meio normal pra mim falar sobre isso. — Ele deu de ombros. — Também não gosto muito do momento constrangedor que essa informação pode causar.

— É uma droga mesmo — concordei. — Não é a mesma coisa que seus pais, mas ainda me lembro de como me sentia esquisita recebendo pêsames das pessoas quando meu tio faleceu.

— É tão vazio, né? Mesmo quando a gente sabe que é sincero, a dor de cada um é tão pessoal que... Sei lá, me pareciam palavras vazias.

— E ainda teve isso da sua carreira interrompida.

Eric assentiu, olhando para Bombom enquanto fazia carinho em seu pescoço.

— Isso me pegou muito no começo — disse ele. — Meu sonho era jogar profissionalmente, moldei minha vida em cima disso. Minha família também. E minha irmã até tentou me convencer a voltar, mas a recuperação foi longa, eu não teria o mesmo desempenho e era jovem e cabeça-dura. Também não via muito sentido em continuar com aquilo sem meus pais ali. Passei um bom tempo puto, nem sei como minha irmã me aguentou. O lado bom foi que, nesse tempo longe, eu me dei conta do quanto sentia falta e amava o vôlei, e percebi que era muito mais do que só estar em quadra. Eu ainda tava em recuperação na fisio quando voltei pros treinos, pra ajudar nosso treinador.

Aí descobri que aquilo era legal também. Fiz faculdade e segui por esse caminho.

E lá estava ele de novo, expondo cada letrinha do livro de sua vida, marcando toda a lombada de tão aberto que estava. O mais surpreendente era eu querer saber ainda mais.

— Ser treinador te traz a mesma felicidade que jogar?

Ele encostou a nuca no sofá e olhou para o teto por uns instantes, reflexivo, antes de responder:

— Não, são coisas diferentes, acho. Felicidades diferentes. E dificuldades diferentes também, porque, no fim, os dois são trabalhos, né? Mas gosto do que faço e não me arrependo. Tem algo de especial em ensinar e aprimorar o talento dos outros.

A imagem da garota no Espaço Deolinda veio em minha mente. O jeito como ela me olhou e como parecia animada para aprender a tocar como eu.

— O Lunito quer que eu dê aula de música na ONG — deixei escapar, aparentemente contagiada pelas confissões de Eric.

— E essa é uma ideia ruim?

Fiz uma careta involuntariamente.

— Ainda não sei. A única coisa que sei no momento é que tô sem emprego e não faço a menor ideia do que quero fazer da vida.

— Olha, se te serve de consolo, ninguém sabe muito bem o que tá fazendo. A gente só vai tentando o que parece melhor e seguindo em frente. É como aquela lição que aprendemos no maior clássico do cinema: *continue a nadar*.

Precisei apertar os lábios com força para não rir na mesma hora.

— *Procurando Nemo?* — perguntei.

— O melhor filme de todos os tempos — respondeu ele, com a expressão mais séria que eu já tinha visto.

Dessa vez não consegui me controlar, precisei rir. E olha que eu até gostava de *Nemo*.

— Você é muito sábio — falei assim que consegui controlar a respiração.

— Sou, não sou? — Eric ergueu o queixo e sorriu para si mesmo de um jeito orgulhoso. — As pessoas deveriam me valorizar mais.

— Tadinho, tá carente? — brinquei.

Eric virou o rosto para mim e ergueu uma sobrancelha, deixando seu sorriso bobo ganhar um ar de malícia.

— Esse é seu jeitinho de perguntar se eu tô solteiro?

— Quê?! — Levantei as sobrancelhas na mesma hora, sobressaltada com o comentário repentino. — Não!

— Pra saciar sua curiosidade — disse ele, ignorando minha reação —, sim, eu tô.

— Eu não tava curiosa!

Ele voltou a se virar de lado e apoiar o cotovelo no sofá para repousar a cabeça na mão. Toda a sua atenção estava em mim, mas Eric parecia ainda não se importar com minha indignação.

— E você? — perguntou ele. — Saindo com alguém?

Quando a conversa tinha tomado aquele rumo? Como poderia voltar no tempo e impedir que o assunto surgisse? Apesar de que, pelo sorriso irritante no rosto de Eric, eu sabia muito bem que não tinha muito como fugir de algo que ele estava deliberadamente fazendo acontecer. A vontade que tive foi de enxotá-lo dali dizendo que não era de sua conta. E teria dado andamento ao plano se minha mente não tivesse escolhido esse momento para me lembrar das mentiras que inventei.

Eric era o meu suposto namorado falso. Não que ele soubesse disso, ninguém nem tinha visto fotos dele; mesmo assim, pensar que ele estava envolvido nessa confusão, ainda mais sendo colocado nesse papel, me deixou duas vezes mais constrangida. Senti meu rosto inteiro queimar.

Quando percebi que já estava em silêncio havia tempo demais, e que Eric começava a me encarar de um jeito intrigado, deixei de lado minha revolta e apenas respondi sua pergunta:

— Não...

— Então você tá *mesmo* interessada em mim — decretou ele no tom mais cheio de si possível.

Fiz uma careta na mesma hora.

— Você bateu a cabeça pra delirar assim? Quer que eu chame o SAMU?

Eric riu.

— Vai tentando se enganar, vai, mas não pensa que eu não reparei que você me chamou de gostoso antes, tá?

Tudo bem, agora meu rosto estava *mesmo* queimando. Aquela palavra realmente saiu da minha boca, por livre e espontânea vontade. E certo, não era como se eu não soubesse que Eric era objetivamente gostoso, mas precisava mesmo ter dito isso em voz alta? Claro que ele não teria deixado passar.

Quanto mais meu constrangimento crescia, mais o sorriso dele se abria, tomando quase metade do seu rosto. Tentei pensar em uma boa resposta, mas as palavras ficaram confusas na minha cabeça, dando mais e mais corda para o ego dele.

— Eric! — A voz de Lunito surgiu de repente, rompendo o silêncio. E eu nem o tinha visto entrar.

A chegada de Lunito sempre me deixava feliz, mas naquele momento o sentimento chegou em dobro. O assunto estava morto, velado e enterrado, amém, adeus, descanse em paz.

Lunito fechou a porta do apartamento e pendurou sua *shoulder bag* no cabideiro que ficava na entrada.

— Bem que estranhei minha porta e a sua abertas nessa escuridão, mas, depois de subir aquele tanto de escada, tava cansado demais pra me importar — disse ele, ofegante, vindo em nossa direção e se sentando na poltrona. — O que as crianças tão aprontando?

— Só conversando pra passar o tempo enquanto a luz não volta — respondi.

— Viu, Lunito? — disse Eric. — Eu sou só um passatempo pra sua afilhada. — Ele voltou a olhar para mim, agora com uma expressão triste no rosto e muito sarcasmo na voz. — É por isso que não ia dar certo entre a gente, Pita.

Ele estava só brincando, eu sabia disso, mas era difícil ignorar seu rosto perfeito e seu olhar penetrante quando estava tão perto assim. Estalei a língua nos dentes e virei a cara para não pensar muito sobre aquilo. Assim que vi Lunito, percebi que ele estava tão ou mais constrangido do que eu. Na mesma hora me lembrei que foi ele quem dera o nome de Eric para minha mãe, e meu padrinho parecia estar pensando nisso quando decidiu mudar o rumo da conversa:

— Foi isso que tive que dizer pro *bartender* hoje.

— Foi ruim? — eu quis saber.

— Ele me convidou pra cantar alguma coisa na reunião de terraplanistas que ele frequenta. Então, é, não foi muito bom.

Encolhi os ombros, pensando no quanto aquela experiência devia ser péssima. Vi Eric fazer uma careta pelo canto do olho.

— Sinto muito, padrinho.

— Falando em cantar — disse Eric, me encarando mais uma vez —, me ajuda a convencer sua afilhadinha a cantar "Balela".

Lunito gargalhou na mesma hora. Eu apenas revirei os olhos.

— A Pita não canta Semba — revelou Lunito, porque, claro, ele me conhecia como poucas pessoas. Era algo bobo, mas me senti meio exposta por Eric saber esse detalhe sobre mim. — Mas podemos tentar outra coisa…

Lunito esticou o braço para pegar o violão sobre o sofá ao seu lado e o posicionou no colo antes de começar a dedilhar as cordas do jeito habilidoso de sempre. Reconheci a melodia de "Ain't No Mountain High Enough" logo de cara.

Não pude deixar de sorrir. Aquela música carregava tantas memórias. Desde muito pequena eu me lembrava de cantá-la com Lunito: era nossa música. Ele a cantava quando eu estava triste e queria me animar, e também sem motivo nenhum. Meu coração pareceu dobrar de tamanho só de lembrar todas as vezes que cantamos e dançamos com aquela música de fundo.

Quando chegou minha vez de entrar no dueto, cantei sem nem pensar. Era algo natural para mim, não tinha como negar. E, mesmo fazendo bastante tempo que não a ouvia, eu nunca teria esquecido a letra.

A música foi chegando ao refrão e Lunito foi se animando mais e mais, ao ponto de se levantar da poltrona e começar a tocar de pé, gingando o corpo para os lados enquanto cantava. Seu olhar me convidava para acompanhá-lo, e foi como um convite para uma viagem de boas lembranças. Embarquei sem nem pensar.

Eu me coloquei de pé, bem em frente ao meu padrinho, e segui seu ritmo, movendo meu corpo sem muito jeito, mas acompanhando a música e a alegria que sentia flutuar no ar. A chuva lá fora, as velas acesas na sala, a gente dançando e cantando, Bombom pulando e abanando o rabo, Eric nos encarando com os olhos brilhantes e um sorriso enorme.

É, não foi a pior noite sem luz que já vivi.

10

Não achei que seria um problema sair sem celular. A previsão de volta da energia tinha sido muito otimista, e a luz só voltou mesmo pelo fim da tarde, por isso deixei o celular carregando e fui ao mercado perto de casa. O aparelho não me faria falta por meia horinha.

Assim que entrei no prédio, seu Manoel, que estava concentradíssimo em sua televisãozinha, olhou para mim como se estivesse esperando minha chegada.

— Ah, boa noite, Pietra! — disse ele antes que eu entrasse no elevador. — O seu Lunito foi pra ONG cedo e não sabia se você ia demorar muito, então deixei eles subirem já que estavam com uma chave extra.

Parei no mesmo instante e virei para o seu Manoel, confusa.

— De quem o senhor tá falan... — Meu cérebro pareceu mexer suas engrenagens antes que eu completasse a pergunta, então arregalei os olhos ao lembrar quem tinha a chave extra do apartamento do Lunito. — *Meus pais* tão aqui!?

Seu Manoel pareceu bastante preocupado com a minha reação.

— Sim, eles disseram que tinham te avisado! E seu Lunito sempre deu passe livre pra eles por aqui, não achei que ia ser um problema. Fiz mal?

Mantive a surpresa sob controle ao forçar um sorriso para o porteiro.

— Não, seu Manoel, tá tudo bem. Eu tava sem meu celular, eles devem ter mandado mensagem e eu não vi.

Depois de tranquilizá-lo, entrei no elevador e deixei que minha surpresa inicial fosse aos poucos se transformando em pânico. Primeiro, me lembrei da louça da janta do dia anterior que ainda não tinha lavado, o que com certeza minha mãe criticaria. A sala também estava uma bagunça, e meu quarto, então!

E, claro, fiquei pensando em quais eram as chances de os dois encontrarem algo que entregasse minhas mentiras. Mesmo sabendo que não tinha como descobrirem nada só olhando o apartamento de Lunito, meu nervosismo aumentou. Até agradeci mentalmente pela bagunça que distrairia mamãe.

Quando cheguei ao sexto andar, corri para a porta do apartamento e a abri, dando de cara com papai sentado no sofá encarando a televisão sem muito interesse. O homem careca, alto e de pele negra escura estava vestindo camisa e calça social, um estilo que não costumava ser seu favorito, mas que lhe caía muito bem. Até mesmo aquele bigode meio suspeito que ele usava parecia combinar com o formato de seu rosto.

— Oi, pai!

Ele me encarou com um brilho nos olhos e um sorriso enorme, já abrindo os braços.

— Pita!

Não hesitei em me jogar nele, me aconchegando em seu corpo largo e sentindo seu cheiro tão familiar. O beijo carinhoso que ele me deu na testa só fez com que eu me sentisse ainda mais amada. Deixando de lado toda a culpa de encará-lo no meio daquele furacão de mentiras em que eu tinha me metido, eu não tinha percebido o quanto andava sentindo falta do meu pai.

— Que saudade!

— É? Não parece — rebateu ele, se afastando e me segurando pelos ombros ao me lançar um olhar julgador. — Não tinha como a senhorita dar um pulinho lá em casa nesses meses? Não gosta mais dos seus pais?

— Ué, eu ia pra Santos semana passada pra passar o Dia dos Pais com o senhor, mas vocês decidiram viajar.

— Você podia ter ido com a gente! Tinha lugar no carro.

— Vocês avisaram muito em cima! Não dava pra ir pro Espírito Santo no meio da semana, já tinha compromisso.

A verdade é que sim, dava muito bem para eu ter ido. Ainda não tinha conseguido nenhum emprego, mas precisava manter as aparências e dispensar a viagem para a casa da minha tia.

— Bom, você perdeu a chance de ver seu primo chegando bêbado e carregado pelo namorado — disse papai, dando de ombros.

— Pai, o senhor anda muito fofoqueiro — brinquei. — Tá parecendo a mamãe.

— O que tem eu?

Virei na mesma hora que escutei a voz da mulher que saía de dentro da cozinha. Mamãe tinha mais ou menos a minha altura e seu cabelo liso ia até o ombro, no mesmo tom castanho que o meu. Os olhos grandes e o nariz fino encaixavam-se perfeitamente com os traços de seu rosto. A pele branca de suas bochechas estava sempre meio rosada, mesmo quando ela não usava maquiagem nenhuma.

Por mais que tivéssemos nossas diferenças, eu a amava muito e também tinha sentido sua falta.

— Nada — respondi, andando em sua direção, apertando-a em um abraço e estalando um beijo carinhoso em sua bochecha. — Como a senhora tá?

— Como eu tô, Pita? Estaria mais tranquila se você tivesse atendido nossas ligações. Cheguei a achar que você tivesse morrido, ou sido sequestrada!

Dramática? Quase sempre.

— Eu tô bem, mãe.

— Como anda o trabalho? — A pergunta de papai veio em um tom animado e esperançoso, quebrando um pedacinho de mim. Como eu podia mentir para ele daquele jeito?

— Tá tranquilo — falei. — Nada de novo.

Papai deu dois tapinhas no meu ombro.

— Que bom, filha. Nosso orgulho!

Sua voz estava carregada de afeto e o olhar de mamãe tinha um brilho especial. Senti um aperto na garganta que pareceu descer até o centro do meu peito. Era bem mais fácil mentir quando eu não precisava encarar os dois daquele jeito.

— Então — falei, tentando mudar de assunto —, o que vocês vieram fazer em São Paulo?

Aquela pergunta pareceu irritar um pouco minha mãe, que fez uma careta.

— Pietra, você não presta atenção em nada do que a gente fala, não? Eu te disse que ia ter o aniversário da minha prima!

Ela tinha me dito mesmo. Mais de uma vez, na verdade. Mas isso não queria dizer que eu sabia que ia encontrar os dois ali na minha sala! Ou que eu fosse assumir o esquecimento...

— Mas eu não sabia que vocês vinham *aqui*!

Papai saiu de perto de nós e voltou a se sentar no sofá, pegando o controle para passar os canais e dizendo, já sem muito interesse na nossa conversa:

—Ah, a sua mãe que tava insistindo pra virmos. Até saímos da festa cedo. Tudo porque ela tinha esperança de encontrar esse tal desse seu namorado.

Droga, meu "namorado".

Eu nunca tinha visto um sorriso tão grande no rosto de mamãe. Talvez só quando entrei para a faculdade.

— A gente vai ter a chance de conhecer o Eric? — Sua voz estava ainda mais animada e, quando ouvi aquele nome, entendi o tamanho do meu problema.

Inventar um namoro falso para a própria mãe era algo meio ridículo, mas eu conseguiria conviver com o ridículo. O problema era falar isso sendo encarada por aqueles olhos brilhantes. E nem era só sobre mamãe. Papai também estava acreditando naquilo.

Sem contar, é claro, todo o resto da família, que a essa altura já estava querendo planejar meu casamento. Isso estava ficando bem mais complicado do que imaginei que seria. Mas que alternativa eu tinha? Dizer que não estava namorando ninguém e que foi tudo invenção para ela não falar mais sobre trabalho, já que, ah, é, estou desempregada? Sem chance.

— Não, mãe — respondi, forçando uma cara de decepção.
— Infelizmente o Eric tá trabalhando.

O curioso era que *isso* não era mentira, e fiquei até surpresa por saber. Eu já tinha inconscientemente decorado os horários em que meu vizinho saía e voltava, e sabia que algumas vezes ele precisava passar o sábado ou o domingo inteiro fora de casa — era nesses dias que Bombom acabava ficando aos cuidados do Lunito, caso Eric não conseguisse combinar com sua *pet sitter* de confiança.

Apesar do desânimo notável de mamãe, ela ainda se manteve interessada:

— No que ele trabalha?

A campainha tocou nessa hora, me salvando do que provavelmente estava prestes a se tornar um interrogatório.

— Deve ser a Yumi! — falei, já caminhando para longe de mamãe. — Ela disse que ia passar aqui pra me devolver uns livros.

— Ai, Pietra, eu não acredito que você tem coragem de chamar suas amigas pra cá com essa casa assim!!!

Mamãe pareceu esquecer o assunto. Ela correu até a mesinha de centro e começou a mexer em tudo que estava espalhado ali, tentando esconder a bagunça. Respirei mais aliviada. Sabia que Yumi era ótima em distrair meus pais; era justamente dela que eu estava precisando.

Quando abri a porta, senti o sangue gelar nas veias: era Eric que estava parado na frente do meu apartamento.

Demorei alguns segundos para entender o que estava acontecendo. Precisei admirar por um tempo seu cabelo úmido, sua camisa e bermuda casuais, o chinelo em seus pés. Só quando ele abriu a boca para dizer algo é que voltei à realidade e percebi que precisava agir rápido.

    Antes que Eric pudesse falar, dei um passo para o corredor e fechei a porta atrás de mim. Ele franziu a testa e ficou em silêncio por um tempo, intrigado com a atitude abrupta. Tentei alargar os lábios em um sorriso para deixar a situação mais normal, mas com certeza isso apenas piorou tudo. Eu nunca tinha sorrido daquele jeito para ele.

    — Você não devia estar trabalhando? — perguntei, cansada de esperar que ele dissesse alguma coisa.

    — Eu saí mais cedo hoje — rebateu ele, entortando um pouco a cabeça e parecendo ainda mais confuso. — Tá tudo bem?

    — Aham, tá sim. O que você quer?

    — Você tá estranha.

    A possibilidade dos meus pais estranharem a demora e virem conferir o que estava acontecendo me deixava em pânico. Eu precisava fazer meu vizinho sumir.

    — Fala logo o que quer, Eric!

    Meu tom um pouco apreensivo afastou sua curiosidade, então ele levantou as mãos em sinal de redenção.

    — Eita, tá bom! Só queria saber se você pode ficar com o Bombom amanhã.

    Eu teria respondido qualquer coisa que fizesse Eric ir embora, ainda mais quando o assunto era cuidar do Bombom, uma proposta na qual eu não precisava pensar muito antes de aceitar.

    — Aham, fico sim. É só isso?

    Seu rosto se retorceu de estranhamento mais uma vez.

    — Sério, Pietra, tá tudo bem mesmo?

    — Sim, Eric, e eu preci...

    Não tive nenhum aviso prévio antes de escutar o barulho da porta se abrindo atrás de mim. Foi um movimento rápido, e não consegui pensar em algo para impedir que o desastre acontecesse. Quando me dei conta, mamãe já estava ao meu lado, e seus olhos curiosos pularam de mim para Eric sem demora.

Mantive a respiração presa, sem conseguir mexer nenhum músculo enquanto observava um sorriso enorme se abrir no rosto dela. Eu estava muito, *muito* encrencada.

— Eric, é você? Que prazer te ver aqui! — disse mamãe, em um tom caloroso e se controlando muito para simplesmente não apertar meu vizinho em um abraço. — A Pietra disse que você não ia vir porque estava trabalhando.

Nossos olhos se encontraram; os de Eric cheios de dúvidas, os meus, de puro desespero. Eu só queria correr para bem longe e fugir da bagunça em que tinha me metido.

— É... Eu tava — respondeu ele, meio hesitante.

— Que bom que deu pra gente se ver hoje! — exclamou mamãe. — Já tava achando que essa minha filha nunca ia me deixar conhecer o namorado dela.

Um dia seria possível encontrar a investigação completa sobre a jovem de 25 anos que fez escolhas estúpidas ao tentar fugir da tarefa de lidar com seus problemas. Não havia nenhuma possibilidade de eu sobreviver, com o coração batendo tão forte que parecia prestes a explodir e os pulmões incapazes de funcionar do jeito certo.

Pietra Carvalho.

Causa mortis: constrangimento.

Meu rosto estava queimando e meus dedos doíam do tanto que eu os apertava em punhos. Eric ainda estava com o olhar curioso em mim quando perguntou com a voz meio hesitante:

— Namorado?

Mamãe pareceu ignorar a atmosfera que estava me matando, fazendo um muxoxo alto.

— Vocês hoje em dia implicam com rótulos, né? Nunca sei como falar com jovens.

Eric ajeitou os óculos, mesmo não precisando. Eu estava prestes a ser desmascarada, viraria alvo do ódio do meu vizinho e receberia uma bronca monumental da minha mãe.

Ele continuou me encarando, ignorando tanto quanto eu o discurso que mamãe fazia sobre os problemas da nossa geração. Eu não estava suportando tudo aquilo, só conseguia mexer os lábios repetidamente em silenciosos *por favor, por favor, por favor.*

Eric pigarreou e disse:

— Não, não. A senhora tá enganada. — Fechei os olhos com força, tentando acordar daquele pesadelo. — Quer dizer, nossa geração realmente tem problemas com isso, mas nós dois não. Quem vamos enganar, né? A Pietra e eu estamos namorando mesmo.

Por um segundo, senti como se minha cabeça tivesse parado de girar bruscamente e me feito perder a sanidade. Eu tinha realmente acabado de ouvir Eric dizer aquilo? Ele estava dando uns passos para mais perto de mim e me encarando com um sorriso no rosto? Era difícil de acreditar, mas de repente senti um alívio imenso e quase pulei para abraçá-lo em agradecimento.

— É quase um milagre ver a Pita com alguém! Eu já estava perdendo as esperanças.

O comentário de mamãe veio como uma brincadeira, eu sabia. Inclusive, ela já tinha dito algo parecido antes. Tentei não me incomodar, como fiz nas outras vezes, mas era difícil não sentir uma pontada estranha me atormentar.

Chegando ainda mais perto, meu vizinho jogou o braço direito sobre meu ombro, me apertando em um meio abraço. Aquela era uma proximidade estranha para nós dois. Antes que eu pudesse afastá-lo, Eric disse:

— Eu que fui abençoado por esse milagre de encontrar alguém como a nossa Pita. — Senti os dedos longos e levemente ásperos de Eric me apertarem. — Nem todo mundo tem a sorte de tropeçar com a alma gêmea no elevador! — Sabia que os olhos de Eric estavam presos em mim antes mesmo de levantar o rosto para encará-lo, mas fiquei ainda mais sem graça ao vê-lo tão perto e com um sorriso tão sincero. Minhas bochechas queimaram um pouco mais. — Não é, momozinha?

Fui tomada por uma vontade imensa de me encolher ao ouvi-lo. *Momozinha?* Sério? Seria eternamente grata por Eric apenas seguir o fluxo e não me entregar no meio daquela bagunça toda, mas eu precisava passar por aquilo? Aceitar ser chamada de *momozinha*?

Não precisava ser um grande observador para saber que ele estava se divertindo. E eu nem podia reclamar, já que era por minha causa que estávamos metidos naquela situação.

— Vocês dois são tão fofos! — A voz de mamãe estava exageradamente animada. — Eric, entra! — Ela abriu espaço e fez um sinal com a cabeça para dentro do apartamento. — Vem conhecer o pai da Pietra!

— O Eric precisa ir, mãe — respondi mais rápido do que seria considerado normal.

O braço dele saiu dos meus ombros e respirei fundo, deixando o alívio tomar conta à medida que eu percebia que aquela situação provavelmente chegaria ao fim, pelo menos naquele momento.

— Não, eu tenho tempo pra conhecer meu sogro. — A voz de Eric me assustou e virei o rosto bruscamente na direção dele, mas sua atenção estava toda focada em minha mãe.

Dona Carmen nem tentou esconder a alegria e deu um pulinho antes de voltar para dentro do apartamento, deixando a porta aberta para nós. Eric estava pronto para segui-la, mas segurei seu cotovelo antes que ele terminasse de dar o primeiro passo. Sussurrei de um jeito meio desesperado quando ele finalmente se voltou para mim:

— O que você tá fazendo?

Eric deu de ombros.

— Sei lá, essa confusão é *sua*. Só tô tentando ajudar.

Fechei os olhos por alguns segundos, numa tentativa de organizar os pensamentos. Ele estava certo, eu o tinha envolvido naquela história sem que ele pedisse ou entendesse o que estava acontecendo.

— Tudo bem, eu agradeço de verdade — respondi, voltando a encará-lo. — Agora pode ir pra casa que eu lido com meus pais e, quando eles forem embora, te explico tudo.

Eric se inclinou para a frente, aproximando o rosto do meu e estreitando os olhos. Daquela distância eu pude perceber pela primeira vez as suaves sardinhas que salpicavam a pele bem na base dos óculos.

— Ah, você *com certeza* vai me explicar tudo — respondeu ele, em um tom pausado, suave e baixo. — Mas eu não vou perder a chance de conhecer um Semba.

Abri a boca para tentar fazê-lo mudar de ideia, mas fui derrotada antes mesmo de tentar. Eu nem tinha dito a primeira palavra quando Eric levantou as sobrancelhas, virou de costas para mim e entrou no apartamento com passos apressados. Meu coração deu uma acelerada e eu só queria gritar e correr em círculos, o que parecia a melhor forma de transmitir meu desespero naquele momento.

Não demorei a segui-lo, fechando a porta e vendo mamãe puxar Eric pelo braço, levando-o até papai, que ainda parecia compenetrado demais na televisão. Eu estava torcendo para que estivesse passando algum programa que fosse tão bom que fizesse papai ignorar todo mundo na sala.

— Miguel, olha o Eric! — anunciou mamãe, destruindo minhas esperanças.

Meu coração parou por um segundo quando vi meu pai se levantar para cumprimentar o homem sorridente que ele achava ser meu namorado. Já me sentia mal de ter que estender as mentiras ao papai, mas o sentimento surgiu ainda mais intenso quando o vi apertando a mão de Eric.

Eu era uma pessoa horrível.

— Oi, rapaz! — disse papai, animado.

— Oi — respondeu Eric, parecendo não conseguir parar de sorrir. — Seu Miguel, eu preciso dizer que sempre fui muito fã do Semba. Eu amo "Balela".

Os olhos do meu pai vieram em minha direção e senti um arrepio percorrer meu corpo. Será que ele conseguia ver meu desespero? Será que, como tantas outras vezes, ele saberia que eu estava mentindo? Será que ele ficaria completamente desapontado com toda aquela história?

— Minha filha te mandou dizer isso? — A pergunta veio em um tom brincalhão e amigável, mas no fundo eu conseguia sentir o desconforto do meu pai.

— Não, é verdade! — disse Eric. — Eu sempre ficava muito feliz quando tocava na rádio.

Papai voltou a atenção para Eric e repousou uma das mãos no ombro dele.

— Você parece um cara de bom gosto — brincou.

Mamãe não perdeu a chance de pular para mais perto deles e dizer, levantando as sobrancelhas de um jeito sugestivo e divertido:

— E muito bonito também!

Eric soltou um riso sem graça e suas bochechas ficaram rosadas, mas seu estado de vergonha não durou por muito tempo; no instante seguinte ele estava agradecendo mamãe e devolvendo elogios. Antes que os dois continuassem para sempre naquela guerra de lisonjarias, papai cortou:

— Escuta, Eric, a gente tava pensando em sair pra comer alguma coisa antes de voltarmos pra Santos. Por que você não vem com a gente?

Eu não estava esperando por aquele convite. Sabia que papai era bastante sociável, mas não imaginei que ele fosse querer passar mais tempo assim com alguém que tinha acabado de conhecer. Não sem antes ter uma longa conversa comigo sobre o meu relacionamento com Eric, o que ainda não tínhamos tido a oportunidade de ter (porque eu estava sendo ótima em fugir do assunto toda vez que ele me ligava).

Esperando que aquela tortura acabasse o mais rápido possível, caminhei até eles e enlacei meu braço ao de Eric, sentindo-o se assustar um pouco com o toque repentino. Lancei um sorriso triste para o meu pai e disse:

— Não vai dar, pai. Ele precisa ficar com o cachorro dele.

Senti o braço de Eric se mexer, chamando minha atenção, e levantei o rosto para encará-lo. Havia um sorriso jovial em seus lábios, dava para ver que ele não compartilhava do mesmo pânico que me dominava.

— O Bombom vai ficar bem sozinho por umas horinhas — ele me disse com uma voz aveludada e doce, antes de se virar para o meu pai. — Eu adoraria ir com vocês.

Continuei com o olhar fixo em Eric, nossos braços ainda entrelaçados enquanto ele parecia me ignorar e dar toda atenção aos meus pais, que lhe diziam a qual restaurante estavam querendo ir.

Eric avisou que só precisava trocar de roupa e se afastou de mim para sair do apartamento. Não pensei duas vezes antes de deixar meus pais sozinhos e ir atrás dele, fechando a porta atrás de mim. Eric me escutou chegando perto e parou no meio do corredor, entortando um pouco a cabeça para me olhar.

— Sério, você não precisa ir — falei de uma vez, parando à sua frente. — Essa bagunça toda não tem a ver com você, eu me viro com eles.

Eric cruzou os braços.

— Você inventou que eu sou seu namorado.

— Sim. Quer dizer, mais ou menos — respondi, minhas bochechas queimando, mesmo sabendo que ele não tinha dito aquilo em tom de pergunta. — Mas juro que tenho um bom motivo! Quer dizer, talvez não seja tão bom, mas é um motivo. — Suspirei, sabendo que aquilo só ficaria pior. — Eu explico depois.

Dei as costas para ele, voltando a caminhar para o apartamento. Eric com certeza estava preocupado com a própria segurança por morar ao lado de uma pessoa que inventava mentiras como aquela. Eu não o julgava, provavelmente faria o mesmo.

— Eu vou jantar com vocês — disse ele antes que eu colocasse a mão na maçaneta.

Quando o olhei novamente, havia um pequeno sorriso estampado em seu rosto.

— Eu disse que não preci...

— Eu sei — ele me interrompeu, dando de ombros. — Só quero ajudar. E ia ser meio estranho se surgisse uma desculpa depois de eu já ter dito que poderia ir, né?

Eu podia imaginar a reclamação que minha mãe faria e as perguntas que papai se sentiria confortável para fazer na ausência do meu suposto namorado. Seriam longas horas de tortura. Eric pareceu ler meus pensamentos, pois seu sorriso aumentou um pouco mais, e ele assentiu, percebendo que eu não iria rebater e caminhando mais uma vez até a própria porta.

— Parece que você tá se divertindo demais pra alguém que só quer ajudar — declarei.

Ele não se virou para mim, mas respondeu mesmo assim:

— Eu só tô de bom-humor, momozinha.

11

Eric decidiu que segurar minha mão era indispensável.
Começou antes mesmo de entrarmos no elevador. Seus dedos longos procuraram os meus e quase puxei o braço com força, assustada com o toque. Não estava acostumada a andar de mãos dadas. Para falar a verdade, acho que nunca tinha feito isso.
Eric lançou um olhar discreto na direção dos meus pais e cedi. Continuamos assim no carro até o restaurante e mesmo quando nos sentamos lado a lado na mesa da hamburgueria. Dei um apertão exagerado quando enfim consegui soltar meus dedos dos dele, sorrindo ao vê-lo fazer uma leve careta de dor.
— Então, Eric, você trabalha com o quê?
Não tínhamos nem terminado de fazer os pedidos ao garçom quando mamãe começou a ofensiva, pronta para descobrir tudo sobre ele.
— Sou treinador de vôlei. Faço parte da equipe técnica do time masculino jovem do Clube Alfredo Gomes. Também dou aula pras crianças do Espaço Deolinda às vezes.
— Nossa, um atleta, Pita! — surpreendeu-se mamãe. — Por essa eu não esperava.
Não precisava ser um gênio para entender o que estava implícito no comentário. Eu amava minha mãe, mas não era incomum ela soltar críticas sobre meu corpo. Desde a adolescência, quando eu era bem menos gorda, já tinha que ouvir o quanto precisava me esforçar para não ficar com *aquele corpo* para sempre.

— Na verdade, eu nem pratico tanto depois que virei treinador — respondeu Eric, com uma voz suave e tranquila. — Eu jogava profissionalmente, mas não foi pra frente.

Não olhei para Eric, mas fiquei contente por ele jogar outro assunto que desviaria a atenção de mamãe. Continuei olhando para a frente quando seu braço direito repousou sobre o encosto da minha cadeira.

— Você jogava profissionalmente? — perguntou papai.

— É, eu era levantador. Cheguei a fazer parte de times nacionais de base.

As sobrancelhas de papai subiram, impressionado.

— Uau. Por que não continuou? — questionou.

— Eu até queria, mas tive um problema no joelho depois de um acidente e não consegui mais manter o ritmo de treino.

— Deve ter sido difícil pra você — disse mamãe, com a voz mergulhada em compaixão.

— Não foi fácil, mas no fim deu tudo certo.

— É... — balbuciou papai num tom triste. — Alguns sonhos não são pra ser, né?

Eu sabia que ele estava pensando na carreira com o Semba e em como seus planos tinham desandado. Sua decepção era palpável.

A mão de Eric subiu para minha nuca e perdi a concentração. Seus dedos começaram a massagear a região com movimentos agradáveis. Eu tinha certeza de que ele estava fazendo aquilo para me provocar e se divertir ainda mais com o teatro de "namorado", mas a verdade era que não me sentia nada irritada. Deveria, queria e até tentei, porém estava sendo difícil pensar direito sob seu toque.

O garçom chegou com nossos pedidos, e eu o agradeci mentalmente. Não sabia se teria coragem de fazer Eric parar o que estava fazendo e não queria que ele soubesse que eu estava gostando.

— Pita, tira os cotovelos da mesa — avisou mamãe com a voz um pouco severa.

Obedeci no mesmo instante.

— Ah, falando nisso — disse Eric, terminando de engolir uma mordida do seu lanche —, me contem de onde veio esse apelido, já que ela nunca vai me falar mesmo.

Revirei os olhos, embora ele não estivesse errado.

— Pita? Ah, era assim que o primo dela, Diego, falava quando era pequeno — esclareceu mamãe. — Ele não conseguia falar Pietra direito e saía Pita toda vez. Era a coisa mais fofa do mundo!

— Muito! — disse Eric, olhando para mim e sorrindo. — Agora entendi por que ela gosta tanto quando chamo ela assim.

Forcei um sorriso para ele, mas tratei logo de dar uma mordida no meu sanduíche para não cair na tentação de xingá-lo.

— Pietra, é um absurdo você não ter postado que tá namorando, eu tive que dar a notícia pessoalmente pra um monte de gente — reclamou minha mãe.

Quase me engasguei ao ouvir aquilo.

— Você disse pra muita gente que eu tô namorando?

— Sim — respondeu ela. — As pessoas se importam, Pita.

— Então todo mundo sabe?

— Bom, nem todo mundo, né? Sério, filha, ia ser bem mais simples só colocar nas redes sociais que nem o pessoal da sua idade faz.

— É mais fácil mesmo — disse papai, ainda mastigando e recebendo o mesmo olhar de mamãe que eu tinha recebido antes.

— Além do mais — continuou minha mãe —, a chata da Glorinha tava me irritando, perguntando sem parar se você ia aparecer sozinha nas minhas bodas. Eu não aguentei! — Ela lançou um olhar iluminado e esperançoso para Eric. — Você vai com a Pietra, né?

— Mãe, ainda faltam três meses pra festa das bodas de vocês.

— Dois e meio! — ela me corrigiu. — E só tô falando isso porque ele é bem-vindo se quiser ir.

Eric abriu um sorriso tímido e disse:

— E eu agradeço a gentileza, sogrinha.

Fechei os olhos por alguns segundos ao ouvir aquilo. Que vontade de sumir!

Voltamos a comer sem dizer mais nada por alguns minutos. Aquilo estava sendo uma tortura. Meu cérebro se revirava em busca de um assunto, mas mamãe foi mais rápida do que eu. Com o celular em mãos, ela sorriu para mim e Eric e ordenou:

— Junta aí, vocês dois. Deixa eu tirar uma foto.

Não existia a possibilidade de dizer não, eu sabia disso. Passei a mão sobre a boca, me certificando de que não tinha sujeira no meu rosto, e me inclinei um pouco na direção de Eric. Ele fez o mesmo, mas continuamos a um palmo de distância.

— Ai, Pita, pelo amor de Deus, chega mais perto do Eric! Nem parece que são namorados!

Bufei, mas obedeci. Arrastei a cadeira para o lado, chegando mais perto dele. Eric voltou a esticar o braço sobre o encosto da minha cadeira e sua mão repousou no meu ombro, me fazendo sentir saudade da massagem de antes. Afastei esse pensamento o mais rápido que pude e forcei um sorriso.

— Ficou linda! — anunciou mamãe depois de tirar a foto. — Vou postar! Falando nisso, agora eu posso seguir o Eric, né?

— Claro que pode — ele mesmo respondeu.

Tentei buscar o seu olhar, mas Eric continuava encarando minha mãe com um sorriso atencioso. A gente até vinha se dando melhor nos últimos tempos, sendo quase amigáveis, mas ele estava sendo bonzinho demais para alguém que havia sido jogado naquela situação estranha de repente.

Por via das dúvidas, decidi controlar o mal que eu já conhecia, estreitando os olhos para mamãe e dizendo:

— Só não fica marcando ele em coisas aleatórias.

— Ei, eu posso gostar de coisas aleatórias — protestou Eric.

— Que tipo de contas a senhora costuma seguir?

E, assim, o jantar seguiu incrivelmente amigável.

12

— **Isso foi interessante.**

Eric estava ao meu lado bem no meio do corredor, esperando as portas do elevador terminarem de fechar com meus pais do lado de dentro. Enfim, sós.

Eu me virei para encará-lo e notei o sorriso despreocupado que estava em seus lábios enquanto ele limpava a lente dos óculos na camisa.

— Interessante? Eu quis desaparecer pelo menos umas cinquenta vezes.

Eric balançou a cabeça, rindo do comentário, e fixou os olhos nos meus enquanto devolvia os óculos ao rosto.

— Talvez você devesse tentar ver mais o lado positivo de situações complicadas.

Estreitei os olhos e cruzei os braços.

— Você tá levando tudo isso bem demais.

Eric levantou as sobrancelhas e apontou o indicador na minha direção.

— Hum, muito bem lembrado! — disse meu vizinho, se virando para caminhar até sua porta e destrancá-la. — Vem, eu preciso ver o Bombom e você precisa me explicar tudo tim-tim por tim-tim.

Ignorei a vergonha que queria crescer dentro de mim e respirei fundo, seguindo-o para dentro do apartamento. Mal tinha dado um passo além da porta quando vi um pequeno vulto preto correr até mim. Bombom parecia muito animado ao jogar as patas dianteiras em minha cintura, lambendo minha mão sem parar quando tentei fazer carinho em sua cabeça. Aquela recepção amorosa tirou um pouco da tensão, e eu só consegui sorrir e me divertir com o cachorrinho que não parava de balançar o rabo de alegria.

Eu estava prestes a dar mais alguns passos para dentro da sala quando Eric segurou meu cotovelo, me parando e apontando para os meus pés.

— Tênis.

Eu o vi tirar os próprios sapatos com os calcanhares e jogá-los em um canto ao lado da porta. Precisei me segurar na parede para me equilibrar e tirar os tênis, depois coloquei os calçados junto aos dele e caminhei de meia pelo apartamento.

— Você quer um chá? — ofereceu ele, estalando os dedos e acrescentando em tom irônico: — Ah, é. Você prefere café, certo?

— Rá. Rá. Muito engraçado — respondi, forçando um sorriso. — Não quero beber nada, obrigada.

Eric se divertiu mais ainda com essa reação e soltou um riso baixo antes de dizer:

— Me dá um minuto então. Eu já volto.

Assim que Eric e Bombom sumiram pela porta da cozinha, pude finalmente olhar à minha volta com calma e inspecionar o apartamento. Era um pouco maior do que o de Lunito. As paredes da sala estavam pintadas em um tom de bege que fazia o ambiente parecer ainda maior. Os móveis claros davam um estilo moderno para o lugar, mas muito impessoal. Eu me aproximei da estante repleta de fotografias e comecei a analisá-las.

Eric adolescente, sem óculos e com uma bola de vôlei, vestindo o uniforme da seleção brasileira. Eric e uma mulher sorridente ao seu lado, com os mesmos traços que ele. Bombom filhotinho, uma bolinha preta de pelos, mordendo um ursinho de pelúcia. Um bebê, que imaginei ser Eric, nos braços da mãe e ao lado do pai, que segurava uma garotinha no colo. Eric com a mesma aparência da versão adulta que eu conhecia, sorrindo e segurando dois bebezinhos, um em cada braço.

Bombom retornou da cozinha, correndo para se sentar no canto do sofá. Sorri para o cachorro e caminhei em sua direção, juntando-me a ele. Acariciei Bombom, vendo-o se aproximar cada vez mais, até que sua cabeça estivesse repousada no meu colo. Era estranho e confortável estar ali.

— Pronto!

Levei um susto ao ouvir a voz de Eric se aproximando de repente. Ele surgiu com uma caneca fumegante em mãos e sentou-se no lugar vago ao meu lado.

— Vai, fala — pediu ele, assoprando o chá e ficando com os óculos embaçados.

Suspirei, lembrando do motivo de estar ali.

— Eu não sei nem por onde começar...

Tomando um gole do líquido quente, Eric continuou com os olhos presos em mim.

— Por que seus pais acham que eu sou seu namorado? — perguntou ele.

— Porque eu posso ter feito eles pensarem isso...

— Tá bom. — A voz de Eric era suave, sem julgamentos, o que me deixou um pouco mais à vontade. — Por quê?

Então, depois de um longo suspiro, contei tudo.

No começo precisei forçar para as palavras saírem. Não me sentia contente de ter que confessar que estava enganando não só meus pais como minhas amigas, mas não consegui me controlar. Quando me dei conta, estava expondo tudo, virando um livro aberto como ele.

— E é isso — finalmente terminei, respirando fundo para recuperar um pouco do fôlego que tinha perdido. — Você deve tá pensando em chamar a polícia pra me prender agora, mas pelo menos eu posso ser presa sem me sentir culpada. — Fiz uma careta. — Fingir que alguém é seu namorado sem a pessoa saber é crime?

Eric riu, colocando a caneca vazia sobre a mesa e ajeitando os óculos.

— Não — respondeu. — E, mesmo que fosse, eu não ia dar queixa, Pita.

— Por que eu sou uma ótima vizinha? — arrisquei, forçando um sorriso.

Eric entortou a cabeça e arqueou uma das sobrancelhas. Bombom também levantou a cabeça para me encarar com seus olhinhos caramelo.

— Com certeza não — disse Eric. — Mas não te denunciaria porque eu entendo.

— Entende?

— Entendo. É complicado ter que lidar com as expectativas dos outros. Nem sempre a gente faz as melhores escolhas. — Ele repousou a nuca no sofá e encarou o teto, meio reflexivo. — Acho que talvez eu fizesse o mesmo no seu lugar.

— Você ia fingir que ainda tem emprego, mentir pras pessoas que ama, inventar um namoro e ainda enfiar uma pessoa que você nem conhece direito nisso?

Eric sorriu com a pergunta.

— Ok, talvez eu não fizesse *exatamente* o que você fez, mas mesmo assim. — Ele virou a cabeça para o lado, lançando os olhos escuros sobre mim. — Meu pai me deixava muito nervoso, sabe? Eu sempre queria agradar ele. Não duvido que mentiria pra não deixar ele ou minha mãe triste. Mas, no fundo, não importava. Eles me amavam e me apoiavam mesmo quando não concordavam com minhas escolhas.

Suas palavras estavam sendo sinceras e por isso não pude deixar de esboçar um pequeno sorriso no canto da boca.

— Enfim, obrigada por hoje — falei. — Sério, ajudou muito.

— Não precisa agradecer. Não fiz nada de mais.

Eric esticou o braço, repousando-o sobre o encosto do sofá e deixando a mão parada bem próxima do meu rosto. Eu estava tentando pensar em como respondê-lo, mas de repente toda a minha atenção estava focada no movimento suave dos seus dedos, que repuxavam a costura do tecido do sofá. Ele não parava de fazer aquilo e eu só conseguia me lembrar da massagem que ele tinha feito em mim durante o jantar. Quase podia sentir o calor na nuca, se movendo por minha pele e apertando os músculos tensos em meus ombros...

Voltei a encará-lo para poder afastar o pensamento. Eric estava com as sobrancelhas meio franzidas, parecendo intrigado com a minha reação, mas tentei ignorar, assim como ignorei o quanto meu rosto estava ficando quente. Pigarreei e disse, tentando retornar ao assunto:

— Meus pais te amaram tanto que eu vou ter que ser bem criativa na hora de inventar o motivo do nosso término pra eles não encherem tanto minha paciência.

— Ei, não estraga muito a minha imagem! Quero manter minha fama de bom namorado.

Soltei uma risada baixa, mas acabei ficando reflexiva com aquilo.

— Sabe, eu acho que não calculei nada disso direito. Vai ser ainda pior encarar toda a minha família nas bodas dos meus pais depois do nosso suposto término.

Eric deu de ombros.

— Então a gente não termina.

— Quê?

Ele cruzou os braços, o que me causou um pequeno alívio por não ter mais a tentação de encarar sua mão como uma obcecada. Seu rosto estava meio torto quando ele soltou a sugestão mais absurda que eu poderia ouvir:

— Posso continuar fingindo e ir com você nas bodas dos seus pais.

Continuei a encará-lo e pisquei sem parar durante esse tempo, tentando entender o que Eric estava me propondo.

— Você não precisa fazer isso — respondi.

— Eu sei que não, mas não me importo. Além do mais, eu posso tirar algum proveito da situação.

— Qual?

Seu olhar recaiu sobre o cachorro que dormia no meu colo.

— Uma namorada atenciosa, de mentira ou não, pode cuidar do Bombom sempre que eu precisar.

Estreitei os olhos, suspeitando da sugestão.

— Só isso? Em troca de continuar fingindo ser meu namorado e ir comigo nas bodas dos meus pais, eu só preciso tomar conta do Bombom?

Eric pigarreou e demorou alguns segundos para continuar.

— Bem, por acaso, ter uma namorada agora não seria a pior coisa do mundo. — Suas bochechas ficaram um pouco rosadas e ele desviou o olhar. Era estranho vê-lo tímido assim. — A Elisa, minha irmã, é um pouco preocupada demais, e ela anda me achando muito solitário, dizendo que eu preciso superar meu ex-namorado, encontrar outra pessoa... Acho que fingir ter uma namorada pode fazer ela relaxar e sair um pouco do meu pé.

— E você precisa? — questionei. Eric me encarou, confuso. — Superar seu ex.

Ele meneou a cabeça, rindo.

— Não, essa página eu já virei faz muito tempo. O Bruno e eu terminamos já tem uns três anos, mas só porque eu nunca mais tive uma relação séria, minha irmã acha que eu tô chafurdando no fundo do poço. Ela só vai sossegar se me vir com outra pessoa. Até já tentou me apresentar um primo do meu cunhado e uma mulher que trabalha com ela. Desastre, as duas vezes.

Ele fez uma careta tão feia ao se lembrar desses encontros que não consegui segurar o riso.

— Mas você tem certeza? — perguntei. — Essa coisa de namoro de mentira é meio boba quando se para e pensa...

Sua resposta não veio em palavras. Ele pegou o celular no bolso da calça e passou alguns segundos deslizando o dedo pela tela. Fiquei em silêncio, esperando que ele me dissesse algo.

Não demorou muito para meu celular vibrar com a chegada de uma nova notificação, assustando Bombom. Destravei a tela e logo vi o que era.

Minha mãe tinha mandado para nós dois a foto que tirou da gente no restaurante, me prometendo de pés juntos que não postaria. E ela cumpriu com a promessa. Quem tinha postado a foto, com a legenda "mais que namorados, momozinhos", foi ninguém mais, ninguém menos do que meu querido vizinho.

— O que é isso?! — perguntei, perplexa.

Eric tirou os olhos do celular para me encarar.

— Acha que é pouco? Se quiser, posso colocar um coração na minha bio com seu arroba do lado. Não faz muito meu estilo, mas, se achar necessário...

Continuei sem saber como reagir, encarando a nossa foto na tela do celular. Sendo bem honesta, estávamos bem fofos. Eric parecia extremamente confortável ao meu lado, e, se eu não soubesse a verdade, até acreditaria que éramos mesmo namorados.

— Reposta. — A confiança na voz de Eric me fez olhá-lo com um pouco de pânico.

Eu nunca tinha estado em um relacionamento sério e sempre achei que só postaria algo assim no dia em que estivesse realmente muito, muito apaixonada por alguém a ponto de ser extremamente brega. Não me importava com aquela exposição virtual, mas, se eu compartilhasse no meu perfil, como mamãe tinha dito, todo mundo ia saber.

— Não é bem mentir pra todo mundo — argumentei, mais para mim mesma do que para Eric —, o Lunito sabe que...

— Pietra. — A voz de Eric era firme quando ele trouxe o rosto um pouco mais para perto do meu. — Tá tudo bem. Vamos fazer isso.

Ele parecia cem por cento seguro de sua decisão, o que me deixava ainda mais insegura.

— Mesmo assim, parece que é pedir muito.

— Você não me pediu nada, e eu já disse que vai ser bom pra mim. Além do mais, quem sabe assim você finalmente me perdoa por todos os meus crimes terríveis.

Eric tinha feito esse comentário com a intenção de me fazer relaxar um pouco; dava para perceber pela forma como sua expressão tinha tomado o aspecto divertido que sempre surgia quando ele queria me provocar.

Mantive o mesmo olhar sério preso no rosto do meu vizinho e perguntei mais uma vez:

— Tem certeza?

Um longo e cansado suspiro saiu de seu peito, me fazendo acreditar que ele tinha mudado de ideia. Era justo, não podia culpá-lo, mas uma pequena parte de mim ficou triste. Aparentemente eu queria continuar em um namoro falso com Eric.

Sem dizer mais nada, ele se levantou do sofá, acordando Bombom, que levantou animado. Esperei que dissesse logo que não ia seguir com o plano, que tinha feito a proposta sem pensar. O que aconteceu, porém, foi que Eric segurou o meu cotovelo suavemente e me levantou. Quando já estava de pé e confusa, ele simplesmente caminhou até a entrada, me arrastando junto sem dizer uma palavra.

— Ei! — protestei, enquanto Eric abria a porta para me empurrar educadamente para fora do apartamento, se curvando para pegar meu tênis no chão e me entregar.

Eu já estava no corredor quando ele finalmente disse:

— Se você perguntar se tenho certeza de novo, vou dizer "não" só de raiva. Vai logo pra casa.

E foi aí que percebi que Eric estava mesmo falando sério. Não havia preocupação ou hesitação em seu olhar, ele estava confiante de que aquela ideia poderia dar certo. E qual opção eu tinha? Encarar meus pais e dizer que não tinha funcionado com Eric? Nem era só sobre eles; mamãe tinha espalhado para metade da família sobre o meu namoro, e minhas amigas também achavam que eu estava conhecendo alguém.

Mentir não era a melhor opção, mas contar a verdade estava fora de questão.

Sem perder mais tempo pensando, repostei a foto. Eric não conferiu quando o celular fez barulho com a nova notificação, mas seu sorriso me fez ter certeza de que ele sabia muito bem do que se tratava.

— Mas não se apega nessa palhaçada de ficar me chamando de momozinha, tá?

Minha resposta pareceu iluminar o rosto de Eric. Eu já tinha reparado no quanto ele era bonito, mas estava ficando cada vez mais difícil ignorar esse detalhe.

— Não posso prometer nada — disse ele.

— Já tô começando a me arrepender...

— Sem arrependimentos! Quer selar de uma vez nosso acordo? Aperto de mão? Um contrato? Um beijo?

Sua última sugestão fez um calor intenso subir por meu pescoço e se espalhar pelo meu rosto. Estava começando a virar hábito eu sentir o rosto esquentar quando estava com ele? Pelo menos meu tom de pele não me permitia corar, e ele não precisava saber a reação que havia causado em mim ao implantar aquela imagem na minha cabeça.

— Vamos confiar na palavra um do outro.

Eric estalou a língua nos dentes.

— Que chato.

— Mas, Eric, sério...

— Tchau, Pietra! — disse ele, revirando os olhos e fechando a porta na minha cara.

13

Eu não era de me convencer com tanta facilidade, mas Lunito também não era do tipo que desistia de algo antes de conseguir o que queria. E foi assim que acabei indo com ele ao Espaço Deolinda Madre naquela manhã de sábado para substituir o professor de violão numa aula para uma de suas turmas.

— Fica tranquila, Pita — meu padrinho me disse quando me percebi travada no meio do pátio do lugar, encarando a porta da sala de aula como se estivesse prestes a enfrentar um enorme monstro em uma batalha de vida ou morte. — Você vai tirar de letra.

Lunito era uma pessoa naturalmente muito confiante, e acreditava mais em mim do que deveria. Tipo a vez em que ele disse que escrevi um poema tão bonito que merecia ganhar um prêmio. Eu reli o poema anos depois, porque era óbvio que ele ainda o guardava, e era simplesmente a coisa mais tosca já escrita. Então não era minha culpa que o incentivo de Lunito às vezes pudesse parecer empolgado demais e realista de menos para mim. O homem era simplesmente viciado em jogar minha autoestima lá no alto.

Ainda estava sem conseguir sair do lugar quando Lunito se cansou da enrolação, me segurou pelos ombros e foi me empurrando até a sala, entrando junto comigo. Eram seis alunos, todos parecendo ter a mesma faixa etária e com os olhos curiosos focados em mim.

— Oi, monstrinhos! — disse Lunito.

Alguns riram, outros reviraram os olhos, mas nenhum deixou de responder o cumprimento do meu padrinho, que provavelmente também tinha ganhado o afeto daquelas crianças.

— Não sei se ficaram sabendo — continuou ele, sem sair do meu lado —, mas o Leo tá com uns problemas e não vai conseguir vir dar as aulas por um tempinho. Mas fiquem tranquilos que vocês não vão ficar na mão! — Lunito apertou meus ombros com mais força. — Essa aqui é minha afilhada, Pietra, e ela aceitou dar essas aulas pra vocês. Digam oi, não sejam mal-educados!

Todos obedeceram, ainda me encarando com desconfiança. Passando o olhar pelo grupo que se sentava em círculo, encontrei um rosto conhecido: Alice, a garota que tinha conhecido havia pouco tempo, estava com um sorriso enorme no rosto. Isso me tranquilizou um pouco. Sorri para ela também.

— Oi, pessoal! — respondi, ainda meio sem graça.

— Bom, vou deixar vocês em paz — disse Lunito para turma. Depois, ele se virou apenas para mim e murmurou: — Precisando, é só gritar.

Lunito deu uma piscadela para mim e saiu da sala, me deixando sozinha com seis adolescentes que podiam muito bem me comer viva.

Encarei cada um deles por alguns segundos, sem saber muito bem como começar. Eu tinha muito respeito por professores que enfrentavam uma sala de aula diariamente, nem entendo como minha amiga Carla era capaz de acordar todo dia de manhã e enfrentar esses desafios. E, mesmo sendo uma aula informal de violão, me senti em pânico.

Engoli em seco e me sentei em uma das cadeiras do círculo, mantendo a postura e tentando não demonstrar medo.

— Acho que podemos começar nos apresentando, né? — falei, tendo essa ideia brilhante e inovadora. — Bom, eu me chamo Pietra, tenho vinte e cinco anos e... minha cantora favorita é a Lianne La Havas.

Pensei que acrescentar algo do gosto de musical de cada um pudesse ajudar a aliviar o clima. Alice, percebendo meu nervosismo, se prontificou a seguir com as apresentações.

— Eu sou Alice, tenho quinze anos e sou louca pela Olivia Rodrigo.

— Eu adoro as músicas da Olivia! — comentei.

Isso pareceu aliviar a tensão, porque outra garota, Vivi, comentou que também amava Olivia e se apresentou também. Ela tinha a mesma idade que Alice, mas nomeou a Sabrina Carpenter como sua favorita.

Zeca, um dos garotos, tirou sarro do gosto musical das garotas e começou a listar todos os seus rappers favoritos. João Vitor riu do amigo e disse que bom mesmo era pagode. Tudo isso enquanto os gêmeos Túlio e Júlia compartilhavam o gosto por rock: ele pelos antigos e ela por sua musa, Willow.

Acabou sendo um bate-papo bem divertido. Tentei defender a pluralidade de referências musicais e não deixar a aula virar uma bagunça generalizada, mas todos rimos um pouco enquanto alguns defendiam passionalmente seus favoritos. Estava me sentindo bem mais tranquila quando decidi interromper o momento de apresentação.

— Tá bom, agora vamos começar a aula de verdade. Vocês podem me falar o que têm aprendido com o Leo?

— Ele ensinou um ritmo e pediu pra gente tentar tirar alguma música com esse ritmo em casa. Deu uma lista e cada um escolheu uma na última aula — explicou Alice.

— Ótimo! Então podemos ouvir o que cada um conseguiu, o que acham?

Eles concordaram.

Apesar da timidez de alguns, conseguimos tirar bom proveito do seguimento da aula. Eles tocaram a música que escolheram e eu fui dando os toques e dicas que sentia que poderiam ajudar. Todos eram muito dedicados e prestavam atenção em cada coisa que eu falava. Alice não deixava o caderninho de lado, escrevendo qualquer informação que eu dava.

Meu coração pareceu dobrar de tamanho durante a hora que passei com eles. Me vi com a idade daqueles adolescentes, prestando atenção na forma como meu pai dedilhava o violão lentamente para me ensinar a tocar "Asa Branca".

Quando chegamos ao fim da aula, todos se despediram com um sorriso enorme que me deixou bastante contente. Alice ficou para trás, até restarmos apenas nós duas na sala.

— Pietra, eu só queria dizer que adorei a aula — disse ela, se aproximando com a capa do violão nas costas e o caderninho agarrado contra o peito. — Tô feliz por ser você aqui com a gente nesse tempo que o Leo vai ficar longe.

Se tive alguma dúvida sobre seguir dando aquelas aulas de substituição, ela foi embora no instante em que Alice me disse aquilo, me enchendo de alegria.

— Eu também tô muito feliz pela oportunidade. Acho que vai ser bem legal, né?

— Vai, sim! Com certeza!

— Muito bacana, Alice — disse uma terceira pessoa de repente, nos dando um leve susto. Nós duas viramos o rosto na direção da porta e Eric estava bem ali, encostado no batente e sorrindo de braços cruzados. — Adoraria ver essa animação toda nas vezes em que tentei te fazer voltar pra nem que fosse uma aulinha de vôlei.

Eric vestia uma bermuda de nylon que deixava suas panturrilhas grossas à mostra. A regata preta parecia deixar sua pele ainda mais clara, enquanto dava espaço para seus braços bem torneados marcarem presença. Se eu tinha chamado Eric de gostoso antes, nem saberia qual palavra usar agora. Ainda mais com ele lançando um olhar intenso para mim e sorrindo daquele jeito.

— Desiste, Eric — disse Alice, me tirando do transe. — Eu não vou ficar derretendo de suor e levando bolada na quadra. — A garota se virou de novo para mim. — Tchau, Pietra!

Alice saiu da sala, passando ao lado de Eric, mas não antes de os dois se encararem, trocando caretas, e rirem um do outro.

Aproveitei o momento para pegar minha bolsa, a garrafinha plástica com um resto de água e conferir se nada tinha ficado para trás. Durante todo o tempo, eu podia sentir o olhar de Eric em cima de mim, então não me surpreendi ao encontrá-lo ainda ali quando me aproximei da porta.

— Então você aceitou dar as aulas — constatou ele, sem se preocupar em colocar como uma pergunta.

— "Aceitar" é uma forma de ver — respondi, esperando Eric se mexer para eu sair e fechando a porta em seguida, enquanto ele se recostava na parede do lado de fora. — Na real, o Lunito me perturbou sem parar até eu cansar e dizer sim. E também não é como se eu pudesse estar dizendo "não" pra oportunidades de conseguir uma grana.

Eric riu.

— Mas você gostou?

Apesar do nervosismo do começo, a aula tinha sido legal. O tempo passou bem rápido e me diverti muito ensinando o que sabia para aqueles adolescentes. O saldo com certeza foi positivo.

— É, foi interessante.

— Dá pra ver mesmo no seu rosto que você gostou, Pita.

— Não me…

— … chama assim, é, eu já sei — ele me interrompeu, com um sorriso torto no rosto.

Eu não devia ter ousado encará-lo, porque, de repente, sem motivo algum, não conseguia parar de reparar em cada detalhe de seu rosto. A armação diferente, agora azul-escura, dos óculos; o queixo quadrado com a barba por fazer; as sobrancelhas grossas e mais curtas; o brilho no cabelo preto; as sardinhas bem clarinhas salpicando o nariz...

Desviei o olhar, me concentrando em procurar a chave certa para trancar a porta. Parecia uma tarefa mais segura e menos capaz de fazer meu rosto inteiro queimar.

— E você — rompi o silêncio —, veio dar aula hoje?

— Isso. Venho de quinze em quinze dias.

Demorei um pouco para encontrar a chave certa, com a cabeça baixa e o olhar focado no molho de chaves que eu revirava. Um dos meus cachos caiu bem no meio do meu rosto, atrapalhando minha visão, mas, antes que eu pudesse fazer algo, percebi Eric se mover ao meu lado. Seus dedos longos vieram até meu rosto e seguraram a mecha delicadamente, colocando-a para trás, junto com o resto do meu cabelo. O movimento foi rápido e suave, mas pareceu durar cinquenta mil anos. O que estava acontecendo comigo?

Pigarreei e me concentrei em terminar de trancar a porta de uma vez.

Então me virei para Eric, me esforçando para esconder qualquer constrangimento, e disse:

— E você não tem que ir pra quadra?

— Sim, mas que tipo de namorado eu seria se não passasse antes pra ver minha momozinha?

Eric estava com um sorrisinho tão desgraçado no rosto que quase desvalidou qualquer pensamento sobre sua aparência que perpassara minha mente naquele dia. Quase.

Arqueei uma sobrancelha, o que o fez rir com gosto antes de, sem aviso algum, pegar a garrafinha da minha mão. Ele simplesmente a levantou, em um pedido silencioso, e eu assenti, sem tirar os olhos enquanto Eric colava os lábios na mesma garrafinha da qual eu tinha bebido e virava o resto da água, bebendo devagar — ou pelo menos pareceu mais lento do que o normal todo o tempo que fiquei observando o pomo-de-adão se mover em seu pescoço longo.

Depois de fechar a garrafa e me devolver, Eric decidiu puxar um novo assunto, completamente alheio ao que se passava dentro de mim. Graças aos céus.

— Minha irmã viu nossa foto — falou ele. — E agora ela quer te conhecer.

— Quê?! — Fiquei tão surpresa quanto ficaria se alguém tivesse jogado um balde de glitter em cima de mim bem naquela hora.

— Pois é... Ela pediu pra você ir no jogo do meu time que vai ter amanhã, porque aparentemente ela não pode ficar mais um dia sem conhecer a cunhadinha que me tirou da vida de solidão. — Eric meneou a cabeça e passou a mão na nuca. — Palavras dela.

— Isso... isso não tava nos planos.

— É, eu nem imaginei que a Elisa fosse insistir tanto em te conhecer. Mas qual é, eu conheci seus pais e vou com você nas bodas. Acho que você consegue sobreviver a umas horinhas com minha irmã e meus sobrinhos.

— Seus sobrinhos?!

Eric jogou a cabeça para trás e bufou antes de me encarar com um olhar penetrante.

— São só duas crianças. Relaxa, Pietra. Não é nada de mais. — Ele repousou as mãos nos meus ombros e me sacudiu suavemente. — Eu disse pra ela que a gente tá começando a relação, então não precisa grilar tanto, tá? Se ajudar a se sentir mais tranquila, leva alguém junto. O Lunito, uma amiga. Mas não me deixa na mão agora.

Eric ainda segurava meus ombros, e seu toque ficou um pouco mais firme, tentando me passar confiança, o que funcionou um pouco. Respirei fundo e assenti. Quando pareci menos desesperada, ele me soltou.

— Você falou com o Lunito? — perguntei.

— Ainda não. Por quê?

— Ele tá surtando um pouco desde que soube que você entrou nessa de namoro falso. Disse que alguém precisa pôr juízo na sua cabeça também.

Eric riu.

— Não se preocupa, Pita. Ninguém vai conseguir separar a gente.

Erguendo as sobrancelhas para enfatizar o que disse e me deixar sem graça, ele se virou e foi embora. E eu precisei de mais alguns segundos para ignorar o friozinho esquisito que senti na barriga.

14

O ginásio do Clube Esportivo Alfredo Gomes era bem menor do que eu esperava, embora eu não soubesse exatamente o que esperar de um ginásio esportivo, já que nunca tinha estado em um antes. Os lugares das arquibancadas estavam quase todos cheios e uma boa parte dos espectadores vestia camisas amarelas. Uma música animada ecoava por todo o lugar, um sucesso do verão de quatro anos atrás, mas, apesar da validade questionável, muita gente parecia estar curtindo o som. Dentro da quadra já dava para ver os jogadores se aquecendo.

— Esse com certeza é um lugar bem diferente do que a gente tá acostumada a ir — disse Duda, que eu havia conseguido arrastar comigo para um jogo de vôlei numa noite de sexta-feira.

— Eu já me sinto mais atlética só de estar aqui — brinquei. Duda riu.

— Tá, e cadê seu namorado? — ela perguntou.

Ainda era estranho ver outra pessoa falando isso. Uma parte de mim nunca conseguiu me ver em uma relação de verdade, muito menos imaginar uma amiga próxima conhecendo um namorado meu ou eu sendo apresentada para a irmã dele, que era o que estava no cronograma daquele dia. Eu só precisava me lembrar de que nada daquilo era verdade.

Olhei em volta procurando por Eric e o encontrei na beira da quadra, usando seu uniforme e rodeado de um grupo vestido igual a ele. Alguns instantes depois, parecendo sentir meu olhar, Eric virou o rosto em nossa direção e abriu um sorriso para mim. Ele disse algo para os colegas e caminhou pela arquibancada na nossa direção.

— Você veio — disse, parando bem diante de mim.

— Por que a surpresa? Achou que eu não viria?

Ele coçou a nuca e abriu um sorriso forçado.

— Duvidei um pouquinho — confessou.

— Pois fique sabendo que sou uma mulher de palavra.

— Tô vendo. — Percebendo a presença da amiga ao meu lado, Eric a encarou por alguns segundos antes de voltar a atenção para mim e erguer as sobrancelhas. — Não vai me apresentar?

— Claro. Duda, esse é o Eric. Eric, minha amiga Duda.

Os dois se cumprimentaram com beijinhos rápidos no rosto.

— Prazer.

— O prazer é *todo meu* por finalmente conhecer o cara que conquistou o coração da Pietra.

Fiz uma careta na mesma hora.

— Não precisa ser tão brega, Duda — censurei.

— Ela tá certa. — Eric se colocou ao meu lado e, sem aviso algum, jogou o braço esquerdo sobre meus ombros, me puxando para um pouco mais perto e dando um beijo surpresa no topo da minha cabeça. Fiquei sem reação, mas senti meu corpo inteiro se arrepiar. — Foi difícil, mas eu derreti esse coração.

Não sei se Duda reparou no quanto eu estava desconfortável por estar tão próxima de Eric, mas o sorriso bobo no rosto da minha amiga dizia que ela estava ocupada demais nos achando uma gracinha para reparar em qualquer outra coisa. Para ser sincera, eu mesma estava tão ocupada sendo envolvida pelo cheiro refrescante do perfume de Eric que esqueci de reagir.

— Eu jogava vôlei no ensino médio — disse Duda do nada, interrompendo o silêncio que já se alongava bem mais do que deveria. — Não era boa nem nada, mas era um lugar divertido pra desestressar.

Lancei um olhar suspeito para Duda e perguntei:

— Você só ia porque tava a fim de alguma jogadora, não era?

Duda tentou, por alguns instantes, não se entregar, mas logo suspirou e assentiu.

— A sobrinha do professor que ia em todos os treinos pra ajudar — confessou.

Soltei uma gargalhada sincera com a informação e senti o corpo de Eric, que ainda estava escorado no meu, ficar um pouco mais tenso com o meu movimento.

— Você pelo menos conseguiu beijar ela? — quis saber.

— Não — respondeu Duda, triste. — Acho que ela nunca reparou em mim, apesar de eu ficar tentando chamar a atenção da coitada.

— Bom, se você achar alguma mulher da equipe técnica interessante, é só me avisar que te dou uma ajuda — sugeriu Eric.

Duda afastou os dreads do rosto para encarar Eric com um olhar emocionado e colocou a mão sobre o peito de um jeito dramático.

— Eu agradeço — disse ela. — Vou ficar de olho, e não só nas mulheres.

Eric ergueu as sobrancelhas e sorriu.

— Uma companheira bissexual?

— Você também é bi? — Os olhos de Duda brilharam com aquela informação, que também era a primeira vez que eu ouvia. Minha amiga me encarou. — É, Pita, não tem jeito. Você é mesmo a última dos héteros.

Nenhum de nós aguentou. Rimos com vontade daquele comentário.

— Falando em héteros... — Eric abaixou a cabeça e me encarou com preocupação. — Pronta pra conhecer minha irmã?

Não pensei que aquela pergunta fosse me fazer sentir um friozinho na barriga.

— Ela já chegou?

Eric assentiu.

Eu tinha estado tranquila até aquele momento. De repente me dei conta de que estava prestes a ser apresentada a um familiar como namorada de alguém. Uma novidade na minha vida. E se ela não gostasse de mim? E se ela dissesse que sou uma péssima namorada para o irmão? E se eu ficasse mais tranquila e me lembrasse de que aquele relacionamento nem era de verdade?

Eric tirou o braço dos meus ombros e levou a mão de encontro à minha, entrelaçando nossos dedos e dando um leve apertão para me fazer encará-lo e ver o sorriso reconfortante em seu rosto. Ficaria tudo bem.

Ele nos guiou pela arquibancada, sem soltar minha mão em nenhum momento, e não demorou muito para chegarmos até os lugares na terceira fileira em que sua irmã e seus sobrinhos estavam. Antes mesmo que Eric nos apresentasse, ela veio até mim e me prendeu em um abraço apertado. Eric deu um passo para trás e soltou minha mão, sendo rapidamente atacado por dois garotinhos que ficaram pulando ao seu redor.

— Pietra! Que prazer te conhecer! — disse ela, se afastando um pouco, mas me mantendo por perto e segurando minhas mãos com força. — Eu sou a Elisa, irmã do Eric. Ouvi falar tanto de você.

Meio sem jeito e não sabendo como reagir, procurei o olhar de Eric em busca de ajuda, mas ele estava muito entretido com os dois garotinhos idênticos de aproximadamente cinco anos. Um vestia uma camisa do Homem-Aranha e o outro, do Capitão América, e os dois riam sem parar enquanto puxavam os braços de Eric.

Me voltei de novo para Elisa, tomando coragem para interagir sem nenhum auxílio. Ela se parecia muito com o irmão. O mesmo cabelo preto liso, apesar de o dela ir até o ombro em um corte chanel. O mesmo formato da boca, as mesmas bochechas altas. A maior diferença entre os dois era o tom de pele, já que o de Elisa era um pouco mais escuro que o de Eric, e a altura. Ela era menor do que eu.

— Espero que só tenha ouvido coisas boas — respondi, tentando não soar tão nervosa quanto me sentia. Duda, que estava parada ao meu lado, me deu uma suave cotovelada na cintura, me lembrando de sua presença ali. — Essa é minha amiga Duda.

As duas se cumprimentaram na mesma hora em que Eric se aproximou de novo, agora com os sobrinhos agarrados em sua perna.

— Já agradeceu a Pietra por me desencalhar? — Eric perguntou para irmã.

Elisa deu um leve tapa no peitoral do irmão.

— Para de bobeira! — Olhando séria para os filhos, ela continuou: — Arthur, Guilherme, não sejam mal-educados! Digam oi pra Duda e pra Pietra!

Os dois menininhos nos encararam e fizeram o cumprimento ao mesmo tempo.

— Você que é a nova namorada do titio? — O garotinho de cabelos escuros e olhos castanhos apontou para mim, e eu assenti, sorrindo. — Já parece mais legal que aquele cara de antes.

— É verdade, ele era um chato — concordou o irmão, fazendo uma careta. — Nunca deu bala pra gente.

Os dois me encararam, na expectativa, e prendi o riso ao falar:

— Desculpa, meninos, eu tô sem bala no momento.

Eles se encararam com expressões tristes. A sinceridade espontânea dos menininhos arrancou um riso sincero de mim. Elisa ficou constrangida com os filhos, mas Eric gargalhou e bagunçou o cabelo dos sobrinhos.

— Foi a mãe de vocês que ensinou como fazer chantagem? — perguntou Eric.

Elisa fez uma careta para o irmão, mas não desmentiu.

— Japinha! Vem cá!

O grito alto e repentino vindo dos bancos perto da quadra chamou nossa atenção. Um homem de meia-idade usando o mesmo uniforme de Eric olhava em nossa direção. Eric levantou a mão em resposta e o homem pareceu se contentar, voltando a escrever algo em sua prancheta.

— Aff, quem é esse? — perguntou Duda, roubando as palavras da minha boca.

— Meu chefe — respondeu Eric. — Antes ele me chamava de China, daí um dia tentei explicar que sou descendente de japoneses e que tenho nome. Só metade da conversa funcionou.

Elisa olhou na direção do homem e fez uma nova careta.

— Seu chefe é um babaca.

— Você não faz ideia — disse ele, suspirando. — Bom, preciso ir. Vejo vocês depois do jogo?

Todas nós assentimos, mas foi só para mim que ele lançou um beijo no ar e se despediu usando o odioso "momozinha" antes de correr até o banco onde estava o resto da equipe técnica.

Elisa riu, percebendo que eu tinha revirado os olhos para aquilo, e disse:

— O Eric é especialista em irritar, né? Sei bem como é isso.

— Ele se esforça bastante — respondi.

Ficamos por ali mesmo, nos assentos mais próximos da quadra, e os sobrinhos de Eric não pararam um segundo antes do jogo começar. Eles corriam pela fileira, vinham brincar comigo e com Duda. Eram dois pestinhas lindinhos demais.

Quando a partida começou, me esforcei para acompanhar cada movimento dos jogadores e o percurso da bola, mas a verdade era que não conseguia me animar muito. Fiquei mais tempo brincando com os meninos e deixando Elisa e Duda vibrarem com as jogadas. Com o tempo entendi melhor algumas regras, que Duda fez questão de sussurrar durante o jogo; teve até um momento de tensão quando dois jogadores começaram a discutir na rede, o que rendeu um cartão amarelo (que eu nem sabia que existia no vôlei!) para um deles. E, mesmo não sendo grande fã de esportes, eu estava me divertindo bem mais do que imaginei que iria.

Não faltava muito para acabar o jogo quando os meninos ficaram com vontade de comer pipoca e eu me voluntariei para ir buscar o suficiente para todos nós. Voltei pouco tempo depois com dois pacotes grandes de pipoca e entreguei um para os garotinhos, que quase o deixaram cair de tão felizes que ficaram. Voltei para o meu lugar entre Elisa e Duda e entreguei o outro pacote para minha amiga, quando de repente a irmã de Eric segurou minha mão e a apertou suavemente, abrindo um dos sorrisos mais acolhedores que eu já vira na vida.

— Eu tô muito feliz pelo meu irmão ter te encontrado — disse Elisa.

Duda, do meu outro lado, me empurrou de leve com o ombro e também sorriu para mim quando a encarei. Naquele instante, o ginásio inteiro explodiu em comemoração pelo fim vitorioso da partida. E eu só bati palmas sem prestar muita atenção. Estava ocupada demais me sentindo a pior pessoa do mundo.

15

Na tarde do dia seguinte, não havia uma nuvem no céu e o sol brilhava forte. Quando as meninas sugeriram um piquenique no Parque Augusta naquele sábado, não hesitei em concordar. Estava precisando mesmo dar uma calibrada na vitamina D.

Além do mais, fazia bastante tempo que eu não encontrava Yumi e Carla, não só porque elas andavam muito ocupadas, mas também porque fugi de toda situação em que pudesse talvez esbarrar em Yumi.

Éramos amigas desde muito novas. Passamos por todo sofrimento da pré-adolescência juntas, apoiamos uma à outra nos dramas intensos dos quinze anos e eu estive ao seu lado quando conheceu uma estranha na internet por quem se apaixonou. No caso, eu falava todo dia que ela podia muito bem estar conversando com um assassino em série, mas fiquei feliz quando descobri que era apenas Carla, com quem pudemos conviver ao vivo durante a faculdade e que não era, de forma alguma, uma homicida.

Resumindo: Yumi me conhecia havia tempo demais e seria perfeitamente capaz de descobrir minhas mentiras.

— Duda! Açaí! — gritou Carla quando percebeu um carrinho passando perto de onde esticamos nossas cangas sob uma árvore.

— Cadê?! — disse Duda, ficando de pé na mesma hora para procurar.

As duas, sem dizer mais nada, saíram correndo para comprar açaí e nem perguntaram se eu ou Yumi queríamos também, nos abandonando ali. Continuei deitada e de olhos fechados, sentindo o calor dos raios de sol que passavam entre os galhos me esquentar e brilhar avermelhado contra minhas pálpebras.

— Você tá estranha comigo — disse Yumi de repente, depois de algum tempo de silêncio.

Não me movi um centímetro sequer, me sentindo constrangida pelo apontamento certeiro.

— Eu?! — perguntei de forma cínica.

— Pietra, por favor. — A voz de Yumi estava carregada de cansaço. Abri os olhos na mesma hora para encarar a expressão séria no rosto da minha amiga. — O que tá rolando?

Engoli em seco e quase senti vontade de chorar ao perceber a preocupação estampada no olhar de Yumi.

— Não tem nada rolando.

Ela respirou fundo.

— Pra sua infelicidade, eu te conheço bem demais e sei que você tá escondendo algo de mim.

— Que besteira... — Fechei os olhos novamente porque era mais fácil continuar a conversar assim. Decidi mudar por completo o rumo do papo. — E como andam as coisas no escritório?

Yumi bufou.

— Tudo ótimo, perfeito, casos horríveis de pessoas moralmente questionáveis. Nada de novo. Não tenta me enrolar, Pietra. — O silêncio se esticou bem mais do que era normal para nós duas. Diferente de todas as outras vezes, comecei a me sentir desconfortável com o peso daquela ausência, mas Yumi não tinha desistido de tentar arrancar uma resposta de mim. Quando voltou a falar, sua voz estava bem mais suave e acolhedora: — Eu me conheço e sei que posso ser chata e julgar demais, mas prometo que vou tentar enten...

— Pietra! — Duda gritou de longe, interrompendo Yumi e chamando nossa atenção na mesma hora.

Me apoiei nos cotovelos e abri os olhos, procurando onde estavam minhas amigas, e quase caí para trás de novo quando percebi que ao lado das duas estava Eric, todo suado, em cima de uma bicicleta, usando regata, bermuda e tênis, enquanto abria um sorriso tímido ao acenar para mim.

— É o tal do seu namorado, não é? — perguntou Yumi.

— Como você sabe que é ele? — Estranhei ela reconhecer o rosto de Eric sem ter sido apresentada a ele ainda.

— Eu vi a foto que você postou. Foi assim que fiquei sabendo da oficialização do seu namoro, lembra? Pela internet, como se não fosse sua amiga há anos. — Escorria sarcasmo das palavras de Yumi.

Ela levantou antes que eu pudesse dizer qualquer coisa e caminhou na direção dos três. Me sentindo ainda pior pela chateação que claramente estava causando, segui os passos de Yumi.

Assim que parei ao lado do pequeno grupo, Carla começou a explicar:

— Encontramos o Eric andando por aqui, que coincidência, né?

— Às vezes São Paulo parece do tamanho de um ovo — disse Eric.

Os olhos das minhas três amigas estavam em mim, esperando alguma reação. Yumi estava ainda mais atenta do que as outras duas, acompanhando cada um dos meus movimentos. Sabendo exatamente o que elas esperavam que acontecesse, me aproximei de Eric e, sem pensar muito, me coloquei nas pontas dos pés para conseguir alcançar seu rosto e colar meus lábios nos dele em um selinho.

Foi rápido, quase não deu tempo de compreender o que estava acontecendo. Quase. Senti Eric ficar tenso e completamente imóvel diante de mim e, mesmo sem abrir os olhos, sabia muito bem que sua expressão era de espanto. Seus lábios eram quentes e senti um calafrio percorrer todo o meu corpo durante a fração de segundo que estive em contato com eles.

Me afastei tão de repente quanto o beijo acontecera e mantive o olhar preso ao dele, lendo toda a confusão contida ali.

— Oi — sussurrei.

— Oi — respondeu ele, ainda surpreso.

— Eric, essa é a Yumi — disse Duda, sem perceber que estávamos envolvidos em algo completamente novo. — Namorada da Carla e amiga de infância da Pita.

Ainda sentado sobre a bicicleta, apoiando um pé no chão, Eric afastou o olhar de mim e encarou minha amiga com um sorriso ao cumprimentá-la.

— Vocês duas se conhecem há muito tempo? — ele quis saber.

— Digamos que se um dia eu precisar, tenho bastante material constrangedor da adolescência da Pietra pra usar como chantagem.

Semicerrei os olhos para minha amiga.

— E você acha que não posso fazer o mesmo? Eu acompanhei sua fase emo!

Yumi franziu a testa.

— Não tenho vergonha de ter vivido essa Era de Ouro Triste, não, tá?

— Triste era a franja ensebada que vo...

— Me esconde — Eric me interrompeu, puxando meu cotovelo para se posicionar bem atrás de mim.

Fiquei meio confusa com a reação, mas me mantive parada onde ele tinha me posicionado.

— O que foi? — perguntei.

— K-poppers.

Olhei em volta, ainda sem entender, e só encontrei um casal de idosos sentado em um banco ali perto e um grupo de adolescentes usando camisetas parecidas e conversando animadamente. Olhei para minhas amigas para ver se elas estavam entendendo, e foi Yumi quem forneceu a informação de que eu precisava:

— Lembra como eu odiava aqueles otakus da nossa escola que ficavam me olhando como se eu tivesse saído direto de um dos animes favoritos deles pra realizar fetiches? — Assenti, lembrando do quanto esses garotos eram péssimos. Eu ainda seria capaz de socar o Breno se o visse na rua. Yumi apontou para o grupo de garotas e continuou: — Conheça os novos otakus.

Olhei melhor para as meninas e reparei que os rapazes estampados nas camisetas eram todos coreanos. Eu já tinha ouvido alguns grupos de k-pop, principalmente os que Yumi e Carla curtiam, mas não conhecia muito sobre o assunto.

As meninas pararam bem à nossa frente para ver um vídeo no celular e Eric se encolheu mais ainda atrás de mim. Quando percebeu que elas ainda demorariam ali, me puxou com mais força para perto da bicicleta e encostou a testa no meu ombro. Por alguns segundos, eu não soube como reagir. Uma parte de mim gostava de ficar perto de Eric, mas a outra gritava sem parar dentro do meu cérebro, me lembrando de que eu não deveria sentir nada.

O grupo se afastou, e Eric soltou um longo suspiro, dando um apertão suave no meu braço para agradecer antes de ajeitar a postura. Me afastei novamente, tentando fingir casualidade.

— Uma vez eu tava num shopping no interior e umas garotas vieram correndo pedir pra tirar foto comigo e ficavam me chamando de *oppa*. Foi traumatizante.

— Você nem é coreano! — protestou Carla.

— Não dá pra esperar muito das pessoas quando elas se empenham em ser racistas — rebateu Yumi.

Todos concordamos, assentindo.

— Eric, você vai fazer algo sábado que vem? — Duda perguntou de repente.

— Não que eu me lembre.

— Então vai com a Pita no meu aniversário! — Foi mais uma intimidação do que um convite.

— Isso! — exclamou Carla, quase dando pulinhos. — Aí a gente conversa melhor. Tô sentindo que vamos nos dar bem!

Eric riu da reação exagerada da minha amiga e em seguida me encarou, procurando uma resposta em meu olhar. Apenas dei de ombros.

— Tudo bem, eu vou — respondeu ele, entendendo meu sinal. — Agora preciso voltar pro meu exercício. Foi bom conhecer vocês! — Eric se virou para mim e hesitou por um instante, mas se inclinou para a frente e deixou um beijo suave na minha bochecha antes de sussurrar contra minha pele: — Até mais.

Sem demora e ignorando o arrepio que me causara, Eric voltou a pedalar e seguiu seu caminho para longe de nós.

— Pelo menos ele parece legal — disse Yumi ao meu lado.

Meus lábios se repuxaram em um sorriso sem que eu percebesse, porque nada me deixava mais feliz do que quando minhas amigas aprovavam as pessoas de quem eu gostava. Quando me dei conta disso, a culpa veio correndo lançar uma pontada no peito. E também um tico de tristeza, porque não fazia sentido algum ficar feliz por uma mentira.

16

— **Quer uma carona?**

Dei um pulo na mesma hora em que ouvi a voz bem perto do meu ouvido. Estava parada na calçada em frente ao Espaço Deolinda Madre e, erro meu, meus olhos estavam grudados na tela do celular. Enquanto esperava o aplicativo abrir para pedir um carro, desatenta com o movimento ao meu redor, não percebi Eric parado bem ao meu lado.

— Você quase me matou do coração! — falei, colocando a mão no peito e tentando me acalmar.

Eric riu.

— Não era minha intenção, juro. — Ele ajeitou a alça da mochila que carregava em um dos ombros e passou a mão pelos cabelos úmidos. — Você tá indo pra casa?

— Tô, sim.

— Se quiser esperar eu dar minha aula, eu te dou uma carona.

Mordi o lábio, pensando. O céu estava bem diferente do dia anterior e uma tempestade perigava surgir a qualquer momento.

— Vai demorar muito? — perguntei.

— Uns quarenta minutos no máximo.

Não é como se eu tivesse algum outro plano para aquela tarde de domingo...

— Tá bem, eu espero — falei. — Posso assistir a sua aula?

Eric estreitou os olhos.

— Só se prometer que depois vai me encher de elogios pro Lunito.

— Se você trabalhar direitinho... — provoquei, levantando um ombro.

Eric fez uma careta antes de entrar no Deolinda comigo logo atrás. Fomos direto para a quadra coberta que havia no terreno anexo, um acréscimo que Lunito havia conseguido trazer havia menos de um ano para a ONG.

Fiquei sentada na pequena arquibancada com a mochila de Eric enquanto ele foi para a quadra se reunir com os dez alunos que o esperavam ansiosos.

Ali ele era bem diferente do Eric que vi trabalhando no clube naquele jogo. Primeiro que lá ele era um entre vários técnicos de uma comissão. No Espaço Deolinda, ele tomava a frente e era o capitão daqueles adolescentes. Desde o alongamento até terminar com uma partida amistosa entre eles, dava para ver como cada um dos jovens se divertia e admirava Eric, que parecia igualmente satisfeito por estar ali.

Quando a aula terminou, depois de se despedir dos alunos, ele subiu os degraus até mim.

— E aí? Vou receber os elogios? — perguntou Eric, ainda ofegante.

— Você até que faz um trabalho decente.

— Cuidado, Pita — disse ele, me encarando com uma sobrancelha arqueada e pegando a mochila para jogar no ombro.

— Isso foi quase um elogio.

Revirei os olhos sem conseguir conter um sorriso.

— Vamos embora logo.

Saímos de lá em silêncio e caminhamos aproximadamente duas quadras até onde o carro estava estacionado. Ele destrancou as portas e entramos ao mesmo tempo, cada um de um lado. Eu estava colocando o cinto de segurança e terminando de me ajeitar quando Eric perguntou, girando a chave na ignição:

— O lance dos seus pais tá chegando, né?

— As bodas? É, vai ser em duas semanas. — Me recostei no assento, sentindo o movimento do carro me embalar. — Eric, você não precisa ir nessa festa em Peruíbe, é longe e...

— Pita, esquece isso. Já combinamos. Tá tudo resolvido. Não fica pensando demais nisso.

Respirei fundo, tentando seguir seu conselho. De repente, me senti envolvida pelo perfume de Eric, que parecia estar impregnado por todo o carro, e me surpreendi ao me sentir acolhida ali.

— O Bombom tá bem sozinho? — perguntei, afastando o silêncio entre nós.

— Deve ter dormido o tempo todo. Eu só não gosto de deixar ele sozinho quando fico muito tempo fora porque aí o bichinho fica ansioso e chorando.

— Então quando você precisa passar muito tempo fora de casa, curtindo a vida, você só joga o cachorro na casa de outra pessoa — provoquei.

Eric meneou a cabeça, sorrindo sem tirar os olhos da rua.

— Antes ficava com a *pet sitter*, mas agora tenho a minha querida namorada de mentira. — Ele lançou uma piscadela rápida para mim, voltando a olhar para a frente em seguida. — E é *trabalhando*, não curtindo. Aquela primeira vez que você tomou conta do Bombom, por exemplo, eu tive que substituir um professor numa emergência e acompanhei outro time num campeonato. Então não precisa ficar com ciúmes, não.

Virei o rosto bruscamente em sua direção.

— Ciúmes?

— Um sentimento tão bobo e incontrolável, né? — continuou Eric, ignorando meu tom de voz indignado. — Mas sou um cara fiel e que respeita acordos, tá? Se nosso namoro é monogâmico, não precisa nem se preocupar. Sei que você só tem olhos pra mim e vou retribuir isso.

Meneei a cabeça, revoltada; menos com a brincadeira e mais com a forma como meu rosto começou a esquentar.

— Você se acha demais às vezes — acusei.

Eric abriu um sorriso de lado, ainda encarando a rua à nossa frente.

— É você que me acha sempre, Pita.

Revirei os olhos e encarei a rua pela janela ao meu lado, tentando esconder qualquer vestígio de divertimento que pudesse transparecer no meu rosto, porque não queria dar esse gostinho para o Eric. A verdade, porém, era que nossas provocações tinham se tornado algo familiar e agradável em algum momento desde que nos conhecemos.

Não estávamos longe de casa; chegaríamos em menos de dez minutos, e mesmo assim Eric decidiu ligar o rádio, deixando a música preencher o silêncio entre nós. O volume não estava alto, e a voz da Marisa Monte soava baixinha e doce, cantando seus versos melodiosos. No começo eu só fiquei ouvindo, batendo suavemente o pé no ritmo da música. Depois me permiti soltar uma palavra ou outra, ainda muito consciente da presença de Eric ao meu lado. Eu adorava aquela música e não conseguiria me privar de cantar junto. Sem me dar conta, aumentei a voz.

Quando a música terminou, eu já estava de olhos fechados e com um sentimento maravilhoso no peito. Cantar sempre fazia eu me sentir bem.

— Adoro a sua voz.

O elogio de Eric me tirou um pouco do transe, mas continuava me sentindo tão plena que nem abri os olhos quando sorri e falei:

— Quer me contratar como sua cantora pessoal? A gente pode acertar um preço.

— Não ia ser tão ruim acordar com sua voz no meu ouvido.

A resposta rápida deixou claro que ele não havia pensado muito antes de falar, e a situação inteira ganhou um tom diferente de uma hora para outra. Ele tinha mesmo dito aquilo? E eu, por um segundo, imaginei a cena? Eric dormindo na minha cama tranquilamente enquanto eu cantarolava alguma música para acordá-lo, passando os dedos por seu cabelo macio... O pensamento se alongou por mais tempo do que deveria. O carro de repente parecia muito pequeno e Eric estava perto demais. O rosto dele foi ficando avermelhado à medida que eu sentia o meu voltar a esquentar.

Para minha sorte, não precisei lidar com aquele sentimento por muito tempo, porque em poucos segundos estávamos entrando na garagem do nosso prédio. Eric estacionou o carro e seguimos até o elevador sem trocar uma palavra, mas agora o silêncio era bem menos confortável do que antes. Eu estava consciente de cada movimento dele.

Assim que as portas se fecharam, nós dois fomos para lados opostos do elevador, ficando de frente um para o outro. Eric arqueou uma sobrancelha e sorriu, dizendo:

— E aqui estamos nós mais uma vez, juntos neste elevador...

A brincadeira me acalmou um pouco e precisei apertar os lábios com força para conter o sorriso.

— Quer mesmo lembrar disso? — perguntei.

Eric riu e se recostou na parede, ainda me encarando.

— Ei, quer tomar sorvete? — propôs ele, de repente. — Tenho um pouco lá em casa.

Eu devia ir para casa e evitar passar mais tempo com Eric, evitar aquele sentimento confuso que insistia em surgir quando estávamos juntos. Então, abraçando todo o potencial de fazer escolhas erradas que havia adquirido recentemente, respondi:

— Pode ser.

Os minutos seguintes pareceram se arrastar por uma eternidade. Chegamos ao nosso andar e fomos na direção do apartamento de Eric.

Bombom pulou nele, pulou em mim, ficou correndo entre nós dois, atrapalhando nossa curta caminhada até o sofá. Assim que Eric foi para a cozinha buscar o sorvete, me ajoelhei e deixei que Bombom fizesse uma grande festa, lambendo meu rosto e latindo. Eu tinha aprendido a amar aquela bolinha de pelos e meu coração se enchia de alegria ao vê-lo.

— Só tenho de creme, espero que goste — disse Eric, voltando com dois potinhos cheios do sorvete amarelado.

Fiz uma careta.

— Creme é o sabor mais sem graça que existe.

Eric revirou os olhos e me entregou o sorvete antes de se jogar no sofá. Me sentei ao seu lado e peguei um dos potes. Bombom farejou o ar e pareceu curioso sobre o que comíamos, mas, vendo que não receberia nada, foi se deitar perto da porta.

— Vamos ver o que tá passando na TV — disse Eric, pegando o controle da mesinha e ligando a televisão.

Os canais passavam preguiçosamente na tela, pulando de um para outro porque nada parecia interessante. Aquela era a segunda vez que eu estava naquele apartamento, mas já me sentia confortável sentada ao lado de Eric no sofá, enrolando para tomar o sorvete. Havia algo de acolhedor em estar com ele.

— Sabe — falou, ainda encarando a televisão —, você me pegou de surpresa ontem no parque.

Parei com a colher na boca, sentindo o sorvete derreter na língua e revivendo o exato instante em que roubei um selinho dele. Fechei os olhos, envergonhada. Esperava que ele pudesse ignorar aquilo, mas era pedir demais.

— Desculpa, foi meio do nada mesmo — respondi. — É que as meninas tavam na expectativa e eu não queria ter que explicar o motivo de não ter te cumprimentado direito.

Eric ficou em silêncio, ainda mudando de canal sem parar.

— Se a gente vai mesmo ter que convencer toda a sua família sobre nosso namoro nas bodas, acho que talvez seja importante conversarmos sobre contato físico — sugeriu ele.

Eu me virei para encará-lo. Meu cérebro demorou alguns segundos para dar sentido ao que ele tinha acabado de dizer, mas meu corpo reagiu antes disso, já que um friozinho atravessou minha barriga no mesmo instante. Eu o encarei, tentando controlar as mil possibilidades de rumo que minha mente estava dando para aquela conversa, mas Eric continuava com os olhos presos na tela.

— Tá — falei, hesitando. — E o que é importante ser conversado?

Desistindo de encontrar algo, Eric desligou a televisão e se concentrou no sorvete.

— Se a gente estiver em outra situação como a de ontem, que tipo de contato físico você concorda em receber...

— Isso importa mesmo?

— Sim. — Ele se virou, me encarando com um sorrisinho no rosto. — Eu já sei que você gosta muito quando eu faço massagem no seu pescoço, percebi isso no dia em que saímos com seus pais. — Eu teria ficado constrangida se o tom prepotente não tivesse atiçado de leve minha irritação. — Também sei que não se importa que eu segure sua mão. Mas e se a gente precisar se beijar? De verdade.

Me engasguei quando o sorvete desceu por minha garganta. Precisei de um tempo para me recompor depois de uma breve crise de tosse e de quase morrer.

— A gente não vai precisar se beijar de verdade — afirmei, com a voz ainda falhando.

— E se por algum motivo a gente se enfiar numa situação em que isso precise acontecer?

— Que tipo de situação?

— A Carmen pode muito bem insistir que a gente se beije pra uma foto, por exemplo.

Era um bom argumento. Ela com certeza seria capaz de fazer algo assim.

Beijar Eric. Só de pensar nisso meu corpo reagia de um milhão de jeitos diferentes.

— Tá tudo bem, Eric — respondi, tomando mais um pouco de sorvete e desviando a atenção para o pote. — Se for preciso, eu consigo te dar um beijo sem surtar.

Ouvi seu riso falso invadir a sala, mas não tive coragem de encará-lo.

— Obrigado, me sinto lisonjeado — falou ele, carregado de ironia. — E meu beijo não é tão horrível assim, Pita.

Eu nunca odiei tanto minha imaginação quanto naquele momento, porque ela fez questão de trabalhar com aquela afirmação e me presentear com ideias que não deveriam estar me ocorrendo naquele momento.

— Eu não disse que era — respondi, em um fio de voz.

— Tô só deixando a informação registrada.

Foi então que cedi ao absurdo. Mas ele tinha bons argumentos!

Primeiro: Eric estava certo. Eu estava fazendo promessas, mas não tinha nenhuma garantia de que não teria uma reação exagerada caso ele me beijasse. Conscientemente, conseguia pensar que era só um beijo, mas nunca fui muito de sair por aí distribuindo beijos casuais e sem significado. Então, apesar de entender que não precisava ter algo sentimental para minha boca entrar em ação, meu inconsciente estava gritando e correndo em círculos.

Segundo: por mais que eu tentasse negar, havia uma parte de mim sendo atormentada pela atração que começava a sentir por Eric. Não era como se eu já não tivesse pensado sobre como seria beijá-lo antes.

E terceiro: já tinha ouvido falar sobre como atores precisam praticar contato físico para criarem intimidade em cena, então não era completamente esquisito que eu e Eric precisássemos de algo parecido. Não que fôssemos atores, mas as bodas dos meus pais poderiam acabar virando um espetáculo desse namoro.

Além do mais, estando ao seu lado naquele momento, ficava cada vez mais difícil ignorar o quanto eu estava curiosa com a sugestão. Talvez o beijo de Eric nem fosse tão bom assim. Talvez eu pudesse tirar isso do caminho de uma vez, matar os sentimentos bizarros e seguir com a vida.

— Tá bom — falei, de repente. — Vamos tentar.

Foi a vez de Eric virar o rosto para mim sem entender nada.

— Tentar o quê?

Nem eu mesma acreditei na naturalidade com que as palavras pularam da minha boca:

— Me beija.

As sobrancelhas de Eric se ergueram tanto que no mesmo instante me arrependi.

— O quê? — perguntou ele, quase sem voz.

Pensei brevemente na possibilidade de correr para bem longe dali e nunca mais olhar na cara do meu vizinho, mas eu era cabeça-dura demais para mudar de ideia àquela altura do campeonato.

— Você disse que as pessoas precisam acreditar caso algo aconteça — comecei a explicar, tentando parecer mais confiante do que me sentia. — E pode ser estranho te beijar pela primeira vez na frente dos outros. Acho melhor a gente testar agora.

Ele continuou me encarando por um momento, sem dizer nada. Eric apenas piscava enquanto eu me sentia a pessoa mais estúpida do mundo por ter feito aquela sugestão.

— Você quer *provar* meu beijo? — ele finalmente perguntou.

Aquilo não soou certo. Ou talvez certo demais.

— Eu não disse isso! — protestei, ajeitando a postura e meneando a cabeça. — É mais como um... beijo de preparação.

Ele franziu um pouco a testa.

— Ok... Estranho, mas ok...

— Menos estranho do que de repente ter que fazer isso na frente da minha tia-avó de oitenta anos.

— Tá, mas o que exatamente é um *beijo de preparação*?

— É um beijo normal.

Ele colocou o pote de sorvete já quase vazio em cima da mesa de centro e virou o corpo de frente para mim, mantendo os olhos atentos no meu rosto ao continuar o questionamento:

— Eu ainda preciso saber o que você tá esperando de um "beijo normal" pra saber se não vou de repente fazer alguma coisa que vai te inco...

— Eric, só me beija!

Meu tom saiu mais impaciente do que desesperado, ou pelo menos torci muito por isso, mas surtiu efeito. Eric balançou a cabeça em concordância e chegou um pouco mais perto. Coloquei meu pote junto ao dele e respirei fundo antes de encará-lo. Passei a mão pelos meus cachos, jogando-os para trás. Ainda tinha uma boa distância entre nós.

Eric tomou a iniciativa. Nós dois estávamos com uma das pernas dobradas sobre o sofá e, assim que nos aproximamos, nossos joelhos se tocaram. Eric repousou o braço sobre o encosto ao meu lado e se inclinou um pouco para a frente. Prendi a respiração por um instante, encarando qualquer parte de seu rosto que não fossem os olhos ao vê-lo se aproximar cada vez mais. Engoli em seco e também projetei o corpo para a frente, sentindo nossas respirações se perderem uma na outra.

Antes mesmo que nossos narizes roçassem, Eric soltou um ruído baixo e retirou os óculos rapidamente. O movimento foi tão apressado e descuidado que a perna dos óculos bateu forte na minha bochecha. Murmurei uma reclamação, mas não me afastei. Eric fez uma careta ao perceber e sussurrou um pedido de desculpa. Meneei a cabeça, demonstrando que estava tudo bem, e levei a mão direita até o seu pescoço. Eric deu um leve pulo ao sentir meu toque, e eu apenas franzi a testa, encarando seus olhos escuros bem de perto, sem entender.

— Sua mão tá gelada — murmurou.

Revirei os olhos, mas escorreguei a mão até a parte coberta pela camiseta em seu ombro. Senti seus dedos tocarem o meu joelho, o que me causou um arrepio suave.

Eric pareceu hesitar novamente.

— A gente não precisa fazer isso — sussurrei.

— Não, tá tudo bem, a situação só é meio estranha.

Levantei um dos ombros e disse:

— Só finge que você quer mesmo me beijar.

Devo ter dito algo certo para o incentivar. Eric entortou um pouco a cabeça, sustentando meu olhar, e, antes que eu percebesse, seu rosto estava novamente colado ao meu, nossas bocas se tocando. No começo, foi um roçar suave e tímido; afinal, eu mesma estava sem muita coragem de me mexer, entregue ao arrepio que percorreu toda a minha pele ao tê-lo tão perto. Eric, no entanto, não perdeu tempo. Nossos lábios se encaixaram perfeitamente e moveram-se em um ritmo lento que me fez derreter por dentro.

Suspirei, tentando recobrar parte da consciência, mas senti a língua de Eric passar pelos meus lábios, intensificando nosso beijo e me fazendo sentir o gosto adocicado do sorvete explodindo na boca. Perdi qualquer controle que ainda tinha, que já não era muito. Pontos para o sorvete de creme. Eu nunca mais poderia reclamar do sabor sem graça.

Voltei a repousar a mão em seu pescoço, mas dessa vez Eric não reclamou sobre ela estar gelada. Pelo contrário. Seus dedos pressionaram a minha coxa, enquanto o outro braço enlaçou minha cintura. Ele me apertou mais contra o corpo, e eu aproveitei para acariciar seu cabelo. Eric soltou um leve gemido e inclinou-se ainda mais para a frente.

Talvez naquele instante, me deitando no sofá com Eric sobre mim, eu devesse ter parado para pensar que nosso "beijo de preparação" tinha ido um pouco além do planejado. Mas como eu me concentraria em qualquer coisa além das mãos de Eric segurando firme meu corpo, espalhando uma onda de calor dos meus pés à cabeça? Ou o jeito mais intenso com que ele passou a me beijar, pressionando cada vez mais nossos corpos? Ou aquele seu perfume amadeirado que estava deixando minha cabeça meio leve? Eric estava me beijando e eu não tinha tempo para pensar em mais nada.

Eu estava com a cabeça encostada no braço do sofá, sem me preocupar com o estrago que aquilo faria para a definição dos meus cachos, quando ouvi os incessantes latidos de Bombom. Teríamos ignorado se o cachorro não tivesse avançado em nossa direção, colocando a cabeça bem perto da nossa. Eric se afastou, levantando um pouco o tronco e se virando para olhar Bombom. O cachorro, no mesmo instante, lambeu todo o rosto do dono, feliz por receber atenção. Eric fechou os olhos e fez uma careta, o que arrancou uma gargalhada de mim.

Ele afastou o cachorro e secou o rosto na manga da camiseta antes de voltar a me olhar. Eu ainda tinha um vestígio de sorriso ao encará-lo e estava menos preocupada do que deveria com o fato de metade do seu corpo estar em contato com o meu, já que ele continuava sobre mim. Ainda não conseguia tomar consciência de tudo, voltando a me perder no olhar de Eric.

Bombom deu mais um latido e nós dois levamos um susto ao ouvir a voz de Lunito cantarolando pelo corredor do andar. Eu deveria agradecer o choque de realidade que me salvou do que quer que pudesse ter acontecido. Coloquei as mãos no peito de Eric e o afastei delicadamente. Ajeitei o cabelo ao me sentar e tentei procurar algo para dizer que desviasse sua atenção de mim e do que tinha acabado de acontecer, mas foi ele quem se pronunciou em um tom de voz vacilante:

— Eu… eu acho que a gente dá conta.

Pigarreei e pulei do sofá, me colocando de pé bem rápido.

— É… — concordei, acariciando Bombom e desviando o olhar de Eric para o cachorro. — Eu já vou.

Eric não tentou me convencer do contrário, então aproveitei a chance para me afastar daquele bendito sofá sem olhar para trás, reprimindo com tudo de mim o sorriso bobo que queria se fazer presente.

17

— **São meias.** Por favor, não me mata.

Entreguei o pacote embrulhado para Duda assim que ela parou à minha frente. Sei que deveria ter pensado mais sobre qual presente dar de aniversário para uma das minhas melhores amigas, mas eu era péssima com isso. Nunca sabia o que comprar e acabava frustrada, dando os piores presentes do mundo. Pelo menos meias são sempre necessárias.

Duda abriu o presente mesmo já sabendo o que era e riu quando viu as estampas de *Bob Esponja* no tecido. Ela meneou a cabeça e me apertou em um abraço.

— Obrigada, Pita.

— Feliz aniversário, amiga.

Duda se afastou de novo e olhou em volta, procurando algo.

— Cadê o Eric?

Encarei Duda, meio incrédula. Quando é que meu namorado falso tinha se tornado uma ausência tão perceptível para *minha* amiga?

— Ele acabou não podendo vir por causa do trabalho.

A expressão de Duda ficou triste, e eu poderia até ter feito um drama por minha presença não ter a mesma importância que a de Eric, mas a verdade era que, quando ele me mandou mensagem dizendo que não iria ao aniversário, eu também fiquei decepcionada. E me surpreendi com isso.

A gente não se via desde que acabamos nos atracando em seu sofá e, para ser sincera, estava sendo bem difícil parar de lembrar daquele dia, esquecer o gosto da boca dele na minha...

— Parece que a Yumi tá numa reunião e vai dar uma atrasada — avisou Duda, felizmente freando meus pensamentos. — A Carla falou que tava chegando, logo ela tá por aí.

— E quem mais eu conheço por aqui?

Duda olhou para a longa mesa que reunia todos os seus convidados, procurando o lugar perfeito para mim. Seu rosto se iluminou quando pareceu encontrar a resposta para minha pergunta.

— Meu primo! Você lembra do Davi, né? — Ela não esperou por uma resposta antes de me puxar até a ponta da mesa, onde reconheci o tal primo que eu já tinha visto em outros aniversários de Duda. — Primo, lembra da Pietra?

Davi ergueu a cabeça e abriu um pequeno sorriso ao me ver. Ele não tinha mudado nada desde a última vez que eu o vira. O rapaz gordo e negro de pele clara ainda usava camisas xadrez e *All-Star* e carregava o mesmo olhar doce e um jeito tímido. Seu cabelo ainda mantinha o mesmo blackpower volumoso e perfeito.

— Claro! — Ele se levantou da cadeira onde estava, me dando um abraço desajeitado. — Oi, Pietra.

— Oi, Davi.

Ele ajeitou os óculos no rosto e apontou para a mulher que estava sentada no lugar ao seu lado, uma linda jovem negra de pele retinta e longas tranças verdes caindo pelas costas. Quando ela se levantou, percebi que era tão alta quanto Davi, o que a fazia ser mais alta do que eu, que também era gorda e a mulher mais bonita e estilosa que eu já tinha visto na vida, com seu cropped de paetê preto e uma saia branca. Eu queria ser ela quando crescesse.

— Essa é minha noiva, Joana — apresentou Davi, enlaçando a cintura dela e a encarando com encantamento.

Duda pôs a mão no peito e lançou um olhar emocionado para os dois, dizendo:

— Isso de noivado é tão fofo! Vocês são lindos. — Ela ficou séria de novo e encarou o primo. — Mas sério, quando vocês vão se casar, afinal?

Os dois trocaram olhares e riram.

— A única coisa que a gente sabe com certeza é que o bolo vai ser encomendado na Curi Doces — respondeu Joana, fazendo Davi rir de algo que só os dois pareciam entender.

— Se depender da Joana, a gente contrata a própria Bianca Curi pra fazer o nosso bolo.

Arregalei os olhos na mesma hora em que ouvi Davi dizer aquilo e arfei, chamando a atenção de todos que estavam naquele canto da mesa.

— Joana, por favor, se você fizer isso, me convida pro casamento — implorei.

Os dois riram do meu pedido.

— Você também adora aquela mulher? — Joana perguntou.

— Adora? — disse Duda. — A Pietra ficou obcecada por *Jeitinho Doce* agora que a Bianca Curi tá apresentando o programa. Esses dias ela tentou fazer um bolo, contagiada por um episódio. — Minha amiga fez uma careta, balançando a cabeça. — Péssima ideia. Quase queimou o prédio todo.

De repente, ouvi um riso familiar bem atrás de mim e uma voz dizendo:

— Bom saber que minha vida tá em risco.

Levei um susto ao me virar e dar de cara com Carla e, ao seu lado, o dono da voz: Eric. Ele estava sorrindo para mim e passei um tempo maior do que era necessário registrando seus óculos de armação amarela, como o seu cabelo estava todo bagunçado e ainda molhado, dando aquele ar meio largado que lhe caía tão bem, e como seu perfume mais uma vez parecia me envolver.

— A Pietra tinha dito que você não vinha! — protestou Duda, se aproximando dele para cumprimentá-lo com um abraço.

— Eu não vinha mesmo, mas acabei conseguindo sair mais cedo do trabalho. — Ele olhou para Duda com muito carinho. — Feliz aniversário, Duda.

Carla se meteu no meio dos dois e agarrou o pescoço da nossa amiga, dando vários pulinhos empolgados e quase enforcando Duda no processo.

— Feliz aniversário, Dudinha! — entoava ela, animada.

Aproveitei o momento de distração para me aproximar de Eric.

— Você podia ter me avisado que ia vir — falei.

Ele levantou as sobrancelhas, forçando um tom irônico:

— "Quanto tempo, Eric! É bom te ver!" — Ele entortou um pouco a cabeça e sorriu de um jeito carinhoso para mim antes de continuar: — Poxa, Pietra, é bom ver você também.

Revirei os olhos.

— Eu não quis ser rude — me expliquei. — Só não tava esperando.

— Camiseta legal — comentou ele, ignorando o que eu falei e encarando o que eu vestia.

Olhei para minha roupa mesmo sabendo o que tinha decidido usar naquela noite. Na pressa e querendo muito me sentir confortável, acabei pegando meu jeans favorito e, com ele, decidi usar uma camiseta antiga do Semba, que era larguinha e não me apertava, além de eu a achar muito bonita, com a estampa meio arroxeada com o nome do grupo em um tecido cinza-escuro.

— Valeu... — murmurei.

— Preferia que eu não tivesse vindo pra continuar me evitando?

Eu o encarei e notei que estava com a expressão mais séria que eu já tinha visto em seu rosto. Apesar do tom brincalhão com que fez aquela pergunta, estava óbvio que Eric acreditava no que tinha dito. E eu nem podia rebater, porque talvez fosse mesmo um pouco verdade: eu andava evitando encontrá-lo durante aquela última semana.

— Pelo amor de Deus, Pita, dá um abraço no seu homem! — Carla chamou minha atenção.

Me virei para dar de cara com minhas amigas, Davi e Joana nos encarando e sorrindo. Antes que eu me desse conta, senti a mão de Eric na minha cintura, puxando meu corpo para mais perto à medida que seu rosto se aproximava mais do meu. Fiquei paralisada, ainda sem saber o que fazer e sentindo meu corpo inteiro se eletrizar com aquele simples toque, sensação que só piorou quando os lábios de Eric encostaram na minha bochecha, deixando ali um beijo demorado.

Mesmo depois que nos afastamos um pouco, seus dedos continuaram na minha cintura, o cheiro amadeirado do seu perfume continuou rondando meus pensamentos e eu continuei sem saber como reagir.

— Pita, eu preciso te avisar que não tem jeito, seu namorado e eu somos melhores amigos agora — afirmou Carla.

— Vocês chegaram juntos? — perguntei, tentando agir com naturalidade tendo ele ao meu lado.

— Sim, porque almas gêmeas são assim — respondeu Carla. — O destino colocou a gente na porta do bar na mesma hora.

O comentário exagerado da minha amiga fez com que todos ríssemos, mas Eric, surpreendentemente, logo deixou o riso morrer e manteve o olhar preso em algum ponto do outro lado do bar. Tentei ver por cima do ombro o que ele tinha visto, mas nada parecia estranho para mim.

— O que foi? — murmurei, aproveitando que Duda estava apresentando Carla para Joana e Davi.

— O Bruno tá aqui. Meu ex.

— Sério?

— Sim. Aquele loiro de jaqueta verde do outro lado do bar.

Olhei mais uma vez por cima do ombro e não demorei para encontrar o tal Bruno. Ele era alto, talvez só um pouco mais baixo do que Eric, e seu cabelo loiro era *muito* loiro e caía sobre a testa em cachos bem abertos e bagunçados. Ele estava em pé perto do balcão e segurava uma bebida na mão, mas, pelo jeito como suas bochechas e pescoço estavam vermelhos, já devia estar bebendo havia um tempo. Sua pele era branca e seus olhos, azuis ou verdes, não dava para ter certeza de longe.

Ele parecia ter saído de alguma série adolescente em que era requisitado por diversas pessoas apaixonadas. Exatamente como os atores e personagens pelos quais eu costumava me ver caidinha de amores quando era mais nova, os que sempre faziam par romântico com mulheres bem diferentes de mim, porque nunca via mulheres como eu sendo objeto de desejo de caras como Bruno.

E não era só na ficção, porque longe da televisão também havia vários meninos na escola muito parecidos com Bruno e por quem eu nem me permitia sonhar. Sempre que amigas se sentavam para conversar sobre os caras mais bonitos, eu preferia fugir do assunto e não pensar em quem eu achava atraente, evitando ao máximo me apaixonar por qualquer um que eu tinha certeza de que não sentiria o mesmo por alguém como eu.

— Uau — falei, voltando a encarar Eric. — Ele é bonito.

— É, sim.

— Você tá bem? — perguntei, desejando mais do que deveria que ele me contasse tudo que estava sentindo.

Eric olhou mais uma vez para Bruno e assentiu, voltando o olhar para mim.

— Sim, só é estranho. A gente não se vê desde o término, que não foi muito legal. Inclusive, melhor a gente se sentar. Não quero que ele me veja nem que eu tenha que ir falar com ele.

Concordei com a cabeça, porque seria minha reação também. Nos sentamos nos lugares vagos bem diante de Joana e Davi. Eric estava encarando o cardápio, procurando com muita atenção algo para comer. Eu não conseguia tirar os olhos do seu rosto e voltar para o pensamento anterior. Assim como Bruno, Eric tinha a aparência que chamaria a atenção das minhas antigas amigas. A aparência de alguém que eu evitaria para me proteger.

Fugindo dos meus pensamentos, foquei a atenção na conversa entre Joana, Davi e Carla, que estava sentada bem ao lado do casal.

— ... e foi assim que a gente se conheceu! — Joana terminava de falar.

Carla colocou as mãos na bochecha.

— Que coisa linda! E as pessoas achando que não dá pra encontrar o amor na internet — disse ela. — Eu e minha namorada, Yumi, também nos conhecemos pela internet quando éramos adolescentes.

Davi sorriu e logo olhou para mim e Eric, perguntando:

— E vocês? Como se conheceram?

Fiquei sem reação na mesma hora. Não tínhamos combinado uma história, o que, pensando em retrospectiva, foi algo bastante burro. Achei que ia precisar inventar alguma coisa, já que Eric parecia ocupado com o cardápio, mas ele o abaixou na mesma hora e respondeu para Davi:

— Ah, o clássico. Eu derrubei café na Pietra e ela quis me matar durante aproximadamente duas semanas. Talvez um mês. E eu acabei pegando gosto em vê-la fora do sério, porque não tem como não ficar encantado com como ela fica linda irritadinha. Virou minha missão de vida provocar a Pietra só pra ver o biquinho que ela faz quando tá brava. — Eric me olhou rapidinho, sorrindo, antes de voltar a encarar o resto do pessoal. Eu fazia biquinho quando estava brava? — Aí eu comecei a perceber que me sentia bem quando estava com a Pietra e que sentia falta da presença dela no meu dia quando não a via. E, sabe, no fim, ela não conseguiu resistir ao meu charme.

Ao dizer essa última parte, Eric segurou a minha mão que repousava sobre a mesa e entrelaçou nossos dedos em um aperto suave.

Eu não fazia a menor ideia de onde Eric tinha tirado tanta criatividade para aquela resposta, e nem como ele conseguia soar tão tranquilo, mas fiquei completamente desnorteada por alguns segundos, absorvendo o que ele havia dito e repetindo para mim mesma que tudo não passava de fingimento.

Pigarreei e completei seu relato:

— Só porque ele tem um cachorro fofinho.

Todos riram com meu acréscimo, deixando a conversa seguir por outros rumos logo em seguida.

— Me saí bem? — Eric perguntou baixinho para mim.

— Se você vender a história assim nas bodas dos meus pais, minha mãe vai se apaixonar por você.

Eric abriu um sorriso satisfeito.

— Sua mãe já me ama. Ontem ela até me marcou numa notícia sobre abelhas.

Ele tirou o celular do bolso da calça e o colocou no espaço da mesa entre nós. Depois de desbloquear a tela e entrar em uma rede social, me mostrou a postagem em que mamãe o tinha marcado. Sobre a foto de uma abelha havia a frase: "por que as abelhas estão sumindo?". Fiz uma careta, um pouco curiosa e muito envergonhada.

— Por que ela te marcou nisso?

— A gente tava conversando sobre abelhas esses dias.

Minhas sobrancelhas foram quase até o fim da testa.

— Você tá conversando com a minha mãe?

Eric deu de ombros, como se aquela fosse a coisa mais natural do mundo, e chamou um garçom para fazer o pedido. Enquanto ele falava para o atendente o que ia comer, percebi que seu ex se aproximava. Bruno não pareceu perceber nossa presença; simplesmente passou perto da mesa para sair do bar, sem olhar para Eric nenhuma vez. Prendi a respiração durante todo o tempo.

Nem percebi que o garçom já tinha se afastado e só voltei a respirar quando Eric disse:

— O ex é meu e você que fica tensa assim.

Respirei fundo, ainda me sentindo desconfortável.

— A situação é meio estranha. Nunca fui a namorada falsa atual no mesmo lugar que o ex.

— Não? — perguntou ele, com ironia. — Isso é um sábado normal pra mim.

Fiz uma careta para Eric antes de soltar sua mão, apoiando os cotovelos na mesa para esconder o rosto em minhas palmas. Ouvi o ruído suave da risada dele no meio das conversas incessantes ao nosso redor e, em seguida, senti sua mão deslizar por meu ombro. Ajustei a postura, tentando disfarçar o arrepio que percorreu meu corpo com o toque delicado.

— Relaxa — sua voz ordenou em um sussurro.

Reconheci os movimentos no instante que seus dedos começaram a massagear a parte de trás do meu pescoço, exatamente como tinha feito quando estávamos jantando com meus pais. Fechei os olhos e relaxei os ombros, deixando que Eric continuasse a massagem. Eu ouvia os ruídos à minha volta, mas tudo me parecia distante e sem importância naquele momento.

O problema é que ele sabia exatamente o que estava fazendo e, quando seus movimentos apertaram com precisão um dos pontos mais tensos, um gemido rompeu por meus lábios sem que eu pudesse impedir. Eric parou no mesmo instante, e eu abri os olhos na hora, tirando as mãos do rosto e olhando em volta para ver o tamanho do estrago.

A maioria das pessoas parecia continuar suas vidas, tirando dois colegas de Duda sentados à minha direita, que me lançaram sorrisos maliciosos antes de voltarem a conversar, e Carla, Joana e Davi, que me olhavam de um jeito divertido.

— Tá tudo certinho aí, Pietra? — perguntou Carla, fingindo preocupação enquanto evitava sorrir.

Respondi com uma careta, tentando ignorar o fato de o meu rosto inteiro estar fervendo. Carla riu e escutei o riso sonoro de Eric acompanhá-la. Olhei-o de soslaio, mas não disse nada. Nem me mexi, ainda sentindo seus dedos no meu pescoço. Tive a impressão, e talvez não tenha passado disso, de sentir seu dedão fazer um carinho suave atrás da minha orelha antes de ele afastar a mão de vez.

— Valeu pela carona.

Eric e eu estávamos saindo do elevador em nosso andar quando tive coragem de falar algo. Não que eu tivesse ficado em silêncio pelo resto da noite ou durante o trajeto de volta, mas também não trocamos mais do que algumas palavras, o que tornou tudo meio estranho. Tudo bem, as coisas já tinham caminhado para um lado esquisito quando Eric me mostrou seu ex e meu cérebro foi incapaz de parar de pensar em como Bruno, ou o próprio Eric, era muito mais atraente do que eu, me deixando muito consciente de todas as minhas inseguranças.

E aí ele me fez gemer com uma massagem na nuca. Depois disso, só me restou passar a maior parte do tempo conversando com qualquer outra pessoa que não fosse ele. Não foi uma tarefa tão difícil, já que Carla monopolizou a atenção de Eric.

— Por nada — respondeu ele.

Quando o vi destrancando a porta de sua casa, cheguei à conclusão de que o melhor era eu me encaminhar logo para meu apartamento e deixar o cérebro fritar a noite inteira pensando naquela confusão toda dentro de mim.

Antes que eu desse dois passos para longe, Eric lançou uma pergunta:

— A noite foi horrível?

Me virei na mesma hora e o encontrei parado na porta, de braços cruzados e com um olhar intenso em mim.

— O quê?

— Você ficou estranha a noite toda.

Brinquei, inquieta, com as chaves que segurava e meneei a cabeça.

— É só cansaço.

Eric fez uma careta e se afastou da porta para abri-la, falando por cima do ombro:

— Que desculpa horrível, Pita. Ainda mais quando você tava praticamente fugindo pra sua casa agora mesmo.

Voltei a me aproximar dele, estreitando os olhos.

— Eu não tava *fugindo*.

Fui interrompida pelo furacão Bombom, que saiu correndo de dentro do apartamento e escapou pelo meio das pernas de Eric para pular nas minhas, latindo. Me curvei para fazer carinho nos pelos escuros e macios dele.

— Viu? — disse Eric. — Até o Bombom concorda que sua desculpa foi ruim.

Estalei a língua no dente, dando um último cafuné no cachorro antes de ajustar a postura.

— Para de usar o Bombom contra mim. Ele me ama.

Eric se encostou no batente da porta, voltando a cruzar os braços.

— Tô começando a acreditar que você só fala comigo mesmo por causa do meu cachorro.

Bombom voltou para dentro do apartamento assim que parou de receber carinhos, e eu me encostei no outro batente, ficando frente a frente com Eric.

— Sempre deixei isso claro. Não dá pra me chamar de mentirosa. — Eric arqueou uma sobrancelha, sorrindo de lado. Ele não precisou dizer uma palavra sequer para eu saber o motivo de ele achar graça do meu comentário. Revirando os olhos, consertei minha afirmação: — Não dá pra me chamar de *tão* mentirosa.

Eric meneou a cabeça, rindo baixinho.

— Talvez sua noite tivesse sido mais divertida na companhia do Bombom.

— Boa ideia. Acho que vou levar ele pras bodas dos meus pais.

— Não vai sentir falta de alguém que sabe fazer massagem no seu pescoço?

O clima entre nós estava quase voltando ao normal, o mesmo clima provocativo de sempre, mas foi só Eric mencionar aquilo que voltei a me sentir estranha. E ele parecia perfeitamente ciente do que tinha causado, atento ao movimento inquieto das minhas mãos.

— Eu sobrevivo — respondi, empenhada em não parecer tão desnorteada assim pela lembrança do seu toque.

Eric respirou tão fundo que pareceu levar um minuto inteiro para encher todo o pulmão e depois expirar. O tempo inteiro, seu olhar não saiu de mim.

— Se a noite não foi horrível e você não tá fugindo, talvez só te falte coragem? — disse ele.

— Coragem pra quê? — perguntei, franzindo a testa.

— Pra aceitar o que você quer — respondeu ele.

Por um segundo, sob seu olhar intenso, eu me senti transparente. Era como se Eric estivesse conseguindo ver algo por baixo da minha pele, bem fundo na minha alma, que nem eu mesma estava pronta para acessar. A sensação era assustadora e um pouco incômoda. Pigarreei, tentando fazer minha voz parecer confiante ao falar:

— Pelo jeito você tá sabendo melhor do que eu o que quero ou não, né?

— Nesse caso, sim — ele confirmou com firmeza, sem vacilar.

Me arrepiei inteira. Eric estava sério e me encarava com uma determinação repentina e intimidadora. Não havia nada nele que demonstrasse que ele cederia, o que estava me deixando um pouco apavorada.

Apertei as mãos com um pouco mais de força, em uma tentativa de controlar reações incontroláveis, e busquei uma forma de rebater em meio aos meus pensamentos e sentimentos confusos.

— E o que te faz ter tanta certeza de que eu quero você? — perguntei.

Eric riu.

— Eu não disse isso, mas, se foi a primeira coisa em que você pensou...

No fundo, aquilo entre nós parecia muito um jogo. Uma partida elaborada de xadrez, onde cada provocação era o movimento cuidadoso de uma peça. E, naquele momento, sentindo meu rosto inteiro queimar, eu sabia que Eric estava vencendo, mas não me sentia tão derrotada ou incomodada com isso.

— Às vezes você é bem irritante — balbuciei.

Ele sorriu de um jeito triunfante.

— Eu sou muitas coisas, Pita. — Eric jogou a cabeça para o lado, apontando para dentro do apartamento. — Quer entrar?

Respirei fundo, torcendo para que isso fizesse meu coração sossegar. Era só uma pergunta, não tinha motivo para ele estar batendo tão forte.

— Tá me parecendo uma péssima ideia... — murmurei, em um fio de voz.

Eric descruzou os braços e esticou a mão para alcançar a minha, segurando os meus dedos entre os seus. Foi um toque delicado, a pontinha do indicador dele acariciando a pontinha do meu, e logo todos se entrelaçaram. Tomei coragem para sustentar o olhar de Eric e agradeci por estar com as costas apoiadas em algo, porque me senti meio fraca ao perceber o quanto seus olhos pareciam ainda mais escuros e duas vezes mais intensos.

— Eu diria interessante, não péssima. — Sua voz estava um pouco mais grave do que o normal.

Ele levou a mão livre ao meu cabelo e deixou os dedos mergulharem no meio dos cachos, depois repousou-os na minha nuca. O toque quente na parte de trás do meu pescoço me fez fechar os olhos. Eu não sabia mais se conseguia controlar meu corpo, tudo parecia prestes a derreter. Continuei de olhos fechados e percebi Eric se aproximando, me puxando para mais perto e misturando sua respiração com a minha, as lentes dos seus óculos embaçando.

Surpreendendo a mim mesma, meus braços pareceram ganhar vida, agarrando a frente da camiseta de Eric nos meus punhos no instante em que voltei a abrir os olhos para encará-lo. Ele estava muito perto, mas não o suficiente. Me coloquei na ponta dos pés e levantei o rosto, encostando a boca na dele e sendo recebida por um beijo impaciente.

Tinha um pouco de desespero no jeito como nossos lábios se encontraram, mas quem poderia julgar? Era como se eles estivessem se reencontrando depois de uma eternidade, dispostos a tudo para matar a saudade que sentiam um do outro. Não havia gosto de sorvete de creme dessa vez; mesmo assim, aquele era um sabor que eu nunca esqueceria. Meu corpo inteiro virou lava quando senti Eric me apertar mais contra o seu.

Nós nos afastamos um pouco para respirar e, com a testa colada na minha, ele sussurrou contra os meus lábios:

— Fica.

Eric sorriu, ainda com a boca colada na minha, mordiscando meus lábios e me beijando. E cada gesto parecia ecoar o seu pedido: *fica, fica, fica.*

Não consegui encontrar um bom motivo, ou qualquer vontade, de dizer "não".

Assenti, meio hesitante, mas completamente rendida.

Eric abriu um sorriso ainda maior, dando um passo para dentro do apartamento e me puxando junto. Ele empurrou a porta com o pé, fechando-a com um baque que teria até me assustado se Eric não tivesse voltado a me beijar na mesma hora.

Ele me encostou na porta, sem afastar a boca da minha, e pressionou seu corpo ainda mais contra o meu, deslizando a mão direita pela lateral. Seus dedos percorreram minha cintura com delicadeza, mas, assim que foram além, descendo pelo meu quadril, Eric os apertou na lateral da minha coxa, ávidos, levantando minha perna e a encaixando em sua cintura.

O arrepio que percorreu minha coluna quase me fez estremecer. Eu podia sentir cada pedaço de seu corpo pressionado contra mim, e minha pele ardia ao seu toque, mesmo sobre o tecido de nossas roupas. Escorreguei meus dedos por seu cabelo, apertando sua nuca quando Eric deslizou os lábios pelo meu pescoço, deixando um rastro de beijos por onde passava.

Encostei a cabeça na porta e fechei os olhos, juntando toda a minha força para sussurrar:

— O que a gente tá fazendo?

Eric pareceu achar graça da minha pergunta, porque soltou um risinho contra meu pescoço, e sua respiração quente na minha pele quase me fez esquecer do meu próprio nome.

Ele ajeitou a postura sem se afastar, soltando minha coxa e escorregando uma das mãos até minha bunda, mantendo meu quadril colado a ele, enquanto seus outros dedos acariciavam minha bochecha.

— Você, eu não sei — disse ele, com a voz quase falhando —, mas eu tô tentando te seduzir pra te fazer cantar "Balela" pra mim.

— Então você pode desistir e eu posso ir embora — falei com um sorriso preguiçoso se abrindo no rosto, mas sem me mover um centímetro sequer.

Mesmo com minha clara falta de vontade de sair dali, Eric pressionou ainda mais o corpo contra o meu, me agarrando forte, como se estivesse mesmo com medo de que eu fosse embora.

— Eric... — murmurei, abrindo os olhos para vê-lo me encarar com aqueles olhos escuros que quase pareciam me engolir.

Ele aproximou mais uma vez o rosto do meu, sustentando meu olhar à medida que nossos lábios roçavam e sua mão deslizava para minha cintura, sob o tecido da blusa. Ignorei qualquer insegurança que podia sentir sobre o meu corpo, sobre ele estar apertando a dobra na lateral da minha barriga, porque o toque de seus dedos na minha pele só fez uma onda quente me dominar.

— Para de pensar, Pita — ele sussurrou contra minha boca.

E, como se aquelas tivessem sido palavras mágicas, me entreguei totalmente ao momento, enlaçando seu pescoço com meus braços e o puxando para recebê-lo com um beijo intenso, enquanto qualquer vestígio de pensamento desaparecia da minha mente.

18

Acordei com o Bombom lambendo minha orelha.

Ele estava de pé ao meu lado, com as patinhas da frente no colchão e a cabeça perto da minha. Fiz carinho em seu pelo e deixei um beijo no focinho, me espreguiçando e me sentando na cama. Demorou alguns segundos para meu cérebro reconhecer onde eu estava, o fato de estar usando só top e calcinha sob o lençol e até mesmo a presença de Bombom.

Eric.

Eu estava no apartamento do Eric. Na cama do Eric. Com o cachorro do Eric. Sentindo o perfume do Eric na minha pele. O toque do Eric. O beijo do Eric.

Eric.

— Ah, você acordou!

Levei um susto quando o vi entrar no quarto, mesmo que já estivesse começando a me perguntar aonde ele tinha ido. O sorriso de Eric era tão poderoso que estava fazendo meu rosto ficar mais quente do que a xícara de café que ele segurava. Precisei focar em outra coisa. Qualquer outra coisa.

Então baixei o olhar e vi o que ele estava vestindo.

— Você tá usando minha blusa.

Ele sorriu ainda mais e deu alguns passos na minha direção. É, eu não estava errada, era minha camiseta. Tecido cinza-escuro e Semba escrito em letras garrafais. Eric parou ao lado da cama, dando um pouco de atenção para Bombom antes de dar um gole no próprio café e finalmente me responder:

— Era a que estava mais perto e eu tive que sair pra buscar pão. Além disso, eu gosto do cheiro dela.

Ele deu outro gole no café, mas continuou me olhando. Tentando esconder o quanto estava sem saber reagir, joguei as pernas para fora da cama, ignorando ao máximo o olhar que Eric lançou para minhas coxas, e estiquei o braço para roubar o café dele. Terminei a bebida quente em um gole só, dando um novo motivo para meu corpo inteiro esquentar.

— Tem mais na cozinha — avisou ele.

Devolvi a xícara vazia e estreitei os olhos.

— E você vai devolver minha blusa pra eu poder me vestir?

Eric sorriu de novo e puxou a barra da camiseta, analisando a estampa. Fez uma careta e negou com a cabeça.

— Nah, eu gostei dela. — Ele se virou logo depois de dizer isso e abriu o guarda-roupa, tirando de lá um moletom amarelo e jogando no meu colo. — Toma.

Me enfiei dentro do casaco, sentindo o cheiro de Eric me cercar de novo. Fiquei satisfeita por ele ter me dado uma blusa de frio que fosse mais larga, porque não queria passar pela situação de uma camiseta dele não passar pelos meus braços ou peitos, além de ficar toda apertada na minha barriga, o que provavelmente aconteceria.

Vi minha calça jeans no chão perto da cama e peguei-a para terminar de me vestir depressa. Depois dei uma ajeitada no cabelo e fiquei de pé bem na frente de Eric, que me encarava com uma expressão divertida.

— Você lembra que eu te vi sem roupa, né?

Eu sabia que estava sendo boba, mas fazia muito tempo que eu não acordava com alguém depois de ter passado a noite. Era sempre estranho assim? De qualquer forma, o comentário de Eric ajudou um pouquinho a quebrar o gelo. Sorri e revirei os olhos.

— Não, já esqueci.

Eric colocou a xícara vazia na mesinha de cabeceira e segurou os cordões do casaco de moletom, me puxando para perto. As mãos dele estavam na minha cintura e nossos narizes quase se tocavam.

—Acho que consigo te ajudar a recuperar a memória. — Sua voz era ainda mais hipnotizante quando ele usava aquele tom meio murmurado que me causava arrepios. Levantei o braço, ainda meio sem reação, e deixei minhas mãos repousarem nos ombros dele. Eric continuava me encarando. — Você tá tensa.

— Isso é meio estranho, né? A gente fingir namorar e aí...

— Você tá fazendo ficar estranho. — Ele se curvou para encostar a testa na minha e roçou o nariz no meu algumas vezes. — Relaxa.

Se eu já não estava calma, fiquei menos ainda quando os lábios de Eric tocaram os meus, eletrizando todo o meu corpo. Como a gente tinha desenvolvido uma sincronia tão perfeita? Ele apertou meu corpo contra o dele, mergulhando uma das mãos nos meus cachos bagunçados e aprofundando ainda mais o beijo que tinha começado meio tímido.

E o interfone tocou, porque aparentemente ainda existia um mundo lá fora.

Soltei um riso baixo contra os lábios de Eric quando percebi que ele estava disposto a ignorar o toque alto e insistente, mas foi ainda mais fofo e engraçado quando ele se afastou e jogou a cabeça para trás, grunhindo, vencido pelo aparelho que insistia em não nos deixar em paz. Ele deu um beijo rápido no meu rosto e correu até a cozinha. Enquanto isso, fui ao banheiro; ainda precisava acordar direito, e joguei água no rosto e aproveitei para dar aquela improvisada de escova de dente com o indicador.

Quando saí do banheiro, me sentindo mais desperta e faminta, encontrei Eric parado perto da porta de entrada. A expressão em seu rosto não escondia o quanto ele estava desorientado.

— Quem era? — perguntei, curiosa.

Eric passou a mão pelo cabelo e colocou os óculos que estavam no aparador ao lado da porta.

— Minha irmã.

Arregalei os olhos.

— Sua irmã!?

Ele me encarou levantando as mãos e me mostrando as palmas.

— Eu esqueci que tinha prometido levar os meninos hoje naquela roda-gigante do lado do Villa-Lobos.

Quando ouvimos a campainha, Eric lançou um último olhar de desculpa para mim e abriu a porta. Respirei fundo. Estava tudo bem. Eu já conhecia Elisa, ela gostava de mim e, até onde ela sabia, nós namorávamos, então era perfeitamente normal eu estar ali tão cedo.

— Pietra! Que bom te ver! — Elisa me envolveu em um abraço assim que entrou no apartamento de Eric. — Não sabia que você também ia com eles.

Fiquei sem reação e busquei o olhar de Eric, que se esforçava para pegar os dois garotinhos de uma só vez no colo. Ele levantou as sobrancelhas para mim, em uma pergunta silenciosa. Isso, junto com a alegria dos meninos ao me verem, tornou um passeio na roda-gigante bem convidativo.

Sorri para Elisa e respondi:

— Pois é, acabei decidindo ir de última hora.

— Ah, queria poder ir com vocês, mas preciso voltar e abrir a ótica hoje. Por falar nisso! — Ela tirou um estojo de óculos de dentro da bolsa e o entregou para o irmão. — Achei que você ia gostar desse modelo.

Brincando, Eric jogou os sobrinhos no sofá, e eles caíram na gargalhada enquanto o tio pegava o estojo da mão da mãe deles. De lá, saiu um par de óculos novinho com armação transparente. Eric trocou o que usava na mesma hora, sorrindo e admirando o novo modelo.

— Valeu, Lisa, eu adorei.

Elisa voltou a me encarar, meneando a cabeça.

— Eu sou culpada por alimentar o vício dele em ter mil óculos diferentes.

— Você é culpada por *plantar* esse vício em mim pra começo de conversa, tá? — Eric se defendeu.

Elisa riu, mas não negou.

— Bom, eu já vou indo. Vocês dois se comportem, viu? E venho buscar eles mais tarde. — Elisa se despediu de mim com um abraço e apertou os dois filhos, deixando um beijo na testa de cada um. Por fim, ela bagunçou o cabelo de Eric e falou: — Qualquer coisa é só me ligar. Divirtam-se!

Assim que Elisa saiu do apartamento, Eric me encarou, mas antes que ele pudesse fazer qualquer pergunta ou convite, seus sobrinhos deram o primeiro passo.

— Você vai mesmo com a gente, né, tia Pietra? — perguntou o pequeno Guilherme.

— Vai, por favor, tia! — implorou Arthur.

Eric parou ao lado dos meninos, os três com as mãos juntas e fazendo biquinho, implorando.

— Por favooooor!

— Tá bom, eu vou — respondi, me rendendo ao charme dos três. — Vou no meu apartamento me trocar rapidinho e já volto.

Eric e os meninos comemoraram, aplaudindo e gritando, e eu só consegui rir enquanto caminhava até a porta. Eric deu uma piscadela para mim antes que eu saísse.

— Você tem medo de altura?!

Eric só achou importante dividir aquela informação comigo quando já estávamos na Roda Rico, na zona oeste da cidade, prestes a subir mais de noventa metros de altura.

— Medo é uma palavra forte — relutou ele.

— Você tem medo de altura! — afirmei, rindo um pouco em seguida.

Eric franziu a testa ao me encarar.

— Tá bom, você ficou feliz demais em saber disso.

— É bom saber que você tem defeitos.

— Por quê? — Eric se inclinou e encostou a boca no meu ouvido, murmurando: — Anda passando muito tempo pensando no quanto eu sou perfeito?

Precisei fechar os olhos por uma fração de segundo e respirar fundo, porque a voz de Eric reverberou por todo o meu corpo, fazendo minhas pernas tremerem. Pigarreei, afastando qualquer lembrança da noite anterior, e virei o rosto para encará-lo, tentando manter a compostura ao dizer:

— Se tem medo de altura, por que decidiu vir na roda-gigante mais alta da América Latina?

— Porque esses pestinhas não paravam de me pedir — disse Eric, encarando os dois garotinhos animados bem à nossa frente, que pulavam sem parar enquanto encaravam a roda-gigante enorme. — E eu não sei dizer não pros dois.

— Você pode segurar minha mão se ficar com medo — falei, abrindo um sorriso largo, escancarando a provocação.

Eric fez uma careta, mas procurou minha mão mesmo assim, entrelaçando nossos dedos. Ficamos mais um tempo na fila e percebi que ele não estava tão comunicativo como sempre, se limitando a responder as perguntas infinitas dos sobrinhos.

Quando chegou nossa vez de entrar em uma das cabines, senti a mão de Eric suando. Os meninos correram para dentro e ficaram procurando o melhor lugar para se sentar dentro do pequeno espaço redondo. Eu e Eric nos sentamos longe da porta, e ele não parou de bater suavemente a pontinha do pé no chão um segundo sequer.

Assim que começamos a subir, ele apertou meus dedos com força.

— Uau, você tem mesmo medo de altura — brinquei.

Ele afrouxou um pouco o toque.

— Desculpa.

— Tá tudo bem.

A cabine foi subindo cada vez mais, apresentando a vista de São Paulo em todas as janelas ao nosso redor. Muitos criticavam a selva de pedra e, assim como tantas cidades, ela tinha lá seus defeitos; mas, para mim, havia beleza naquela imensidão de prédios, que misturavam histórias e vidas dentro de uma metrópole imensa.

— Não sei por que tanta gente vem voluntariamente aqui, sendo que podemos morrer a qualquer momento — ele sussurrou para que só eu ouvisse.

Os garotinhos, completamente desligados do medo do tio, estavam de joelhos no banco e contemplavam a vista com brilho no olhar.

— Jesus, Eric, se acalma um pouco — falei.

— Não sei se consigo.

Respirei fundo e me aproximei mais, descansando a cabeça em seu ombro. Ele não pareceu se importar, pelo contrário. Eu já estava familiarizada com o perfume de Eric, o frescor amadeirado, mas quando virei o rosto e fiquei mais perto do seu queixo, o senti ainda mais forte. Deixei meu nariz se aproximar da pele de Eric. Achei que ele nem ia perceber quando a pontinha do meu nariz encostou em sua mandíbula, mas seu pé inquieto parou de se mover na mesma hora. Deslizei o nariz por seu pescoço, e Eric ficou parado como uma estátua, me deixando absorver sua fragrância. Eu estava meio zonza, sem saber se aquilo era ou não um sonho.

— Isso ajudou bastante — murmurou Eric.

Ri baixinho contra seu pescoço e me afastei para encará-lo.

— Você vai sobreviver?

— Eu preciso — respondeu. — Minha alma não teria paz se eu partisse sem te ouvir cantar "Balela".

Abri a boca para destruir mais uma vez as ilusões de Eric, mas fui interrompida por Arthur, que se virou sorrindo e disse:

— É muito legal, né?

Eric resmungou baixinho ao meu lado e eu assenti para o menininho.

— Que bom que você veio também, tia Pietra! — falou Guilherme, sem tirar os olhos da vista lá fora. — Você podia ter ido com a gente no Undokai.

Arthur ergueu as sobrancelhas e arregalou os olhos, e seu rosto todo se iluminou. Ele parecia muito com o tio quando estava alegre daquele jeito. Não consegui deixar de sorrir para o garoto.

— É! Você pode ir ano que vem com a gente!

Encarei Eric e ele, percebendo minha confusão, explicou:

— É um evento que tem todo ano com várias brincadeiras de gincana, é bem comum em comunidades nipo-brasileiras. Eu participo desde pequeno e sempre levo os meninos.

— E ninguém ganha da gente na corrida de três pernas! — disse Guilherme, levantando a mão para receber um cumprimento do irmão.

Arthur voltou a me encarar com seus olhos brilhantes.

— Ano que vem você vai, né? Por favor!

Como eu ia explicar que meu namoro com o tio dele, apesar do que havia acontecido na noite anterior, não passava de uma invenção? E que nem sabia se Eric ainda ia querer falar comigo em um ano? Apenas abri um sorriso e concordei:

— Claro, vou, sim.

Os meninos fizeram festa pela minha resposta e Eric me olhou de esguelha, contendo um sorrisinho.

— Viu? É difícil falar "não" pra eles. E é por isso que vamos todos morrer aqui.

Revirei os olhos, empurrando Eric com o ombro e voltando a encarar os dois garotinhos fascinados com a vista. É, eu entendia como eles se sentiam. Aquele lugar também estava começando a me fascinar.

19

— **Quanto tá o pedágio mesmo?** Eu pago.

Estávamos na fila atrás de uns cinco carros, o que nem era tão ruim assim para um feriado prolongado, e eu tirei a bolsa do chão para procurar minha carteira. Eric fez um muxoxo e ignorou minha pergunta, colocando a mão no bolso e tirando algumas notas e moedas de lá.

— Não, sério, Eric — insisti. — Não é justo você ter que vir obrigado nesta festa e ainda pagar o pedágio. E, falando nisso, vou pagar a gasolina.

Não tínhamos decidido essas questões práticas sobre nossa viagem para Peruíbe, especialmente porque todas as vezes que combinamos de nos ver durante aquela semana para falar sobre as bodas, acabávamos ocupados de mais e conversando de menos.

— Relaxa, Pietra — disse ele, colocando o dinheiro dentro do porta-copos, já que provavelmente demoraríamos um tempinho ali ainda. — Eu enchi o tanque hoje e já tô com o dinheiro certinho do pedágio.

Virei para ele e encarei seu perfil iluminado só pelas luzes do painel.

— Isso não é justo.

Um sorriso se abriu em seu rosto enquanto ele puxava o carro um pouco mais para a frente.

— Tudo bem, você paga a volta e ficamos quites.

— Quites como? Você nem precisaria estar vindo se não fosse por minha causa!

— Pita, eu não tô amarrado nem sendo ameaçado de morte. — Ele manteve uma das mãos no volante e, com a outra, segurou a minha e a levou aos lábios para dar um beijo suave nos meus dedos. — Tô indo com você porque eu quero.

Continuei hesitante, com a bolsa no colo e me sentindo culpada ao olhar para a placa com o preço do pedágio.

— Ainda acho injusto — murmurei.

— Já sei. Paga uma pipoca para mim.

Eu estava prestes a perguntar o que ele queria dizer, mas vi Eric abaixar o vidro e chamar um vendedor ambulante que estava ali por perto. O homem trazia em uma das mãos um sacolão enorme com vários petiscos; entre eles era possível ver as pipocas doces em sacos cor-de-rosa. Eric pediu dois pacotes e nem esperei que o vendedor dissesse o preço para tirar o dinheiro da carteira e entregar a nota.

O rapaz foi embora feliz, mas mais feliz ainda estava Eric quando fechou a janela e abriu um dos saquinhos rosa, estendendo o outro na minha direção. Neguei com a cabeça e ele deu de ombros, guardando o pacote fechado no porta-luvas e saboreando o outro. Sua boca estava cheia de pipoca quando nos aproximamos mais do guichê, e eu não consegui evitar perguntar o que estava me assombrando naquele instante:

— Você gosta mesmo disso?

Ele finalmente olhou em minha direção, terminando de mastigar uma quantidade exagerada de comida antes de rebater:

— Você não?!

Fiz uma careta involuntária.

— Esse troço parece isopor.

Eric franziu a testa, ofendido com meu comentário, mas escolheu responder enfiando mais um punhado de pipoca na boca, mastigando de olhos fechados e soltando um suave gemido de prazer. Meneei a cabeça e voltei a olhar para a frente, ignorando-o.

Eric estava entregando o dinheiro para a moça do guichê quando ouvi meu estômago roncar pela primeira vez. Tinha comido uma fruta antes de sair de casa, mas, na pressa, não pensei em me alimentar melhor e agora não podia reclamar do fato de estar começando a ficar com fome. Meu estômago protestou mais uma vez, mas agora já estávamos longe do pedágio, e notei que Eric conseguiu ouvir, já que ele me olhou e perguntou:

— Tem certeza de que não quer um pouco?

Eu teria negado sem pensar duas vezes; no entanto, naquele momento, até aquele saquinho rosa estava me parecendo apetitoso. Respirei fundo e estiquei o braço para pegar um pouco da pipoca, enfiando tudo de uma vez na boca sem parar para reavaliar aquela decisão. O gosto era exatamente como eu me lembrava: adocicado demais, com textura estranha, e demorei vinte mil anos para mastigar tudo. Me segurei para não fazer uma careta e engoli a contragosto, mas já pegando mais um pouco para me alimentar.

— Eu sinto como se estivesse traindo meu próprio estômago.

Eric riu, sem tirar os olhos da estrada.

— Quanto drama! Aguenta mais umas duas horas aí que você come pizza quando a gente chegar lá.

Olhei para ele, confusa, aproveitando para reabastecer a mão de pipoca, e perguntei:

— Como você tem tanta certeza de que a gente vai comer pizza?

— Sua mãe me disse. Ela queria saber se eu gostava de cebola ou não.

— Ela não me disse nada!

Eric deu de ombros.

— Talvez ela tivesse dito se você respondesse mais as mensagens dela.

Estalei a língua nos dentes ao ouvir a bronca terceirizada e joguei uma pipoca em cima de Eric, que apenas riu e comeu a bolinha esbranquiçada que havia caído em uma dobra da camiseta. Eu não estava realmente brava. Já estava cansada de ouvir aquele mesmo discurso de mamãe; não era nenhuma surpresa ela ir reclamar com Eric sobre isso.

— Vocês dois estão bem próximos, né? — comentei, meio surpresa. — Daqui a pouco eu tô vendo uma selfie sua com ela e com a Carla, suas duas novas melhores amigas.

Mesmo que ainda estivesse com comida na boca, Eric não conseguiu se controlar e riu do comentário. Comi mais um bocado de pipoca para me vingar daquela reação.

— Se você tá com ciúme, eu posso te mandar mais mensagem e a gente tira umas selfies, tá bom?

Fiz uma careta para ele, escondendo o sorriso.

— Eu não tô com ciúmes, bobo. Só acho estranho como vocês se aproximaram tão rápido.

— É porque eu sou um cara legal, Pita, e elas perceberam isso — disse ele, afastando o pacote rosado quando aproximei minha mão. — Estranho mesmo é você dizer que odeia essa pipoca e estar quase acabando com meu pacote.

Recolhi a mão e soltei um grunhido baixo antes de protestar:

— Sério, qual é o problema desse negócio? O gosto é horrível, mas eu não consigo parar!

— É o nosso dom — falou ele, levantando o pacote de pipoca e colocando próximo ao rosto, deixando os olhos do tigre desenhado na embalagem me encararem, enquanto os dele continuavam colados na rodovia à nossa frente. — Parecemos desinteressantes e simples no começo, mas depois mostramos nossa personalidade apaixonante.

Meneei a cabeça. Sem mastigar novas pipocas, o gosto enjoativo e açucarado estava tomando conta do meu paladar e me enchendo de arrependimento. Sem pensar muito, rebati sua teoria:

— Você não parece desinteressante de primeira, só um pouco irritante quando se empenha. — Minha resposta arrancou um risinho de Eric. — Além do mais, esse troço deixa um gosto horrível na boca, já você…

Eric se virou para mim, me olhando brevemente através dos óculos, as duas sobrancelhas lá no alto. Seu rosto inteiro se iluminou, e, apesar de ter me sentido um pouco constrangida pela brincadeira, vê-lo tão feliz por algo tão simples acabou me deixando contente também. Voltando a olhar para a frente, mas com um sorriso convencido estampado no rosto, Eric disse em um tom brincalhão:

— *Querido diário, hoje a Pietra falou que minha boca tem o mel, que melhor sabor não há e que é uma loucura me beijar. Será que ela acha que o meu sorriso tem a luz da sedução?*

Dessa vez foi mais forte do que eu: não consegui evitar um riso, o que deixou Eric ainda mais satisfeito consigo mesmo. Bati as palmas das mãos, limpando os farelos de pipoca, e murmurei:

— Você é ridículo.

Eric não discordou, mas não pareceu se importar com isso, o que ficou claro pelo sorriso que crescia ainda mais em seu rosto. Mudei de assunto antes que seu ego fosse alimentado demais:

— O Bombom vai ficar bem mesmo?

Eric assentiu.

— Eu te falei, o Nio não é só um dos meus melhores jogadores; ele é meu amigo e bem responsável. E ficou de me ligar se tivesse algum problema.

Afastando a preocupação com minha bola de pelos favorita, encostei a cabeça na janela e observei a noite lá fora. Eric ligou o rádio, mas não tocou nenhuma música, e sim um podcast sobre política. O assunto até era interessante e eu teria adorado ouvir e debater com ele em outro momento, porém o balanço e o escurinho do carro acabaram me fazendo dormir.

Acordei com Eric cutucando minha cintura e anunciando que estávamos chegando. Despertei por completo e vi que estávamos já na entrada da chácara, com o portão se abrindo à nossa frente. Eric entrou com o carro e o conduziu até onde o do meu pai estava estacionado.

Saí do veículo e olhei em volta, tentando reconhecer a imagem das fotos da chácara que mamãe tinha me enviado. Estava muito escuro, então essa tarefa se tornou ainda mais difícil. Consegui ver uma piscina ao longe, uma cobertura com churrasqueira e mesinhas de concreto do outro lado, muitas e muitas árvores por todos os cantos, um grande espaço gramado com duas traves simples e, claro, a casa central que ocupava boa parte do terreno.

Apesar de não conseguir ver detalhes da arquitetura, reconheci meus pais na varanda pouco iluminada. Eles pareciam animados e vieram depressa em nossa direção.

— Finalmente vocês chegaram! — disse mamãe, chegando perto de Eric enquanto ele descarregava o porta-malas e o apertando em um abraço.

Papai aproveitou e veio fazer o mesmo comigo, cobrindo meu rosto de beijos. Só consegui rir daquela situação, aproveitando todo o carinho. Quando ele cansou de me paparicar, foi cumprimentar Eric, me deixando livre para que mamãe segurasse meu rosto entre as mãos e me lançasse um sorriso enorme ao dizer:

— Você tá radiante, filha! Que bom que o Eric tá te fazendo bem!

Quis contradizer essa afirmação e esclarecer que aquilo provavelmente era resultado do longo cochilo que tinha tirado no carro, mas para quê? Todo o propósito de fingir estar namorando era para que minha mãe parasse de me fazer cobranças. E uma parte de mim não sabia se mamãe estava realmente tão errada assim.

Papai ajudou Eric a carregar nossas malas para dentro da casa, enquanto mamãe e eu seguimos os passos dos dois, atravessando o mesmo caminho por onde eles tinham passado.

O lugar não era tão grande assim. A sala tinha um sofá e um tapete enorme que cobria todo o chão, em frente a uma estante com uma televisão tão antiga que eu até duvidaria que funcionasse se não estivesse ligada, transmitindo com imagem meio chuviscada uma entrevista em um canal aberto com a apresentadora de *Jeitinho Doce*. Fiquei parada ali por uns segundos, presa ao que ela dizia sobre sua experiência no programa e me esquecendo de que não estava sozinha.

— Pietra, eu tô falando com você!

Desviei o olhar da televisão para dar atenção para minha mãe.

— Desculpa. O que foi?

— Eu perguntei como foi de viagem.

— Ela não vai saber, porque dormiu quase que o caminho inteiro — respondeu Eric, se aproximando com meu pai e já sem as malas que eles tinham levado para o quarto. — Mas foi tranquilo, Carmen.

Papai jogou o braço sobre meu ombro e perguntou, me chacoalhando um pouco.

— Filha, você nem deu uma folga do volante pro Eric?

Eric me olhou com a expressão curiosa que sempre fazia quando descobria algo novo sobre mim e perguntou:

— Você sabe dirigir?

Dei de ombros.

— Você não perguntou.

— A Pita uma vez fingiu que estava doente pra não ter que levar o carro — explicou meu pai. — Foi uma ótima atuação, falando nisso.

Sorri orgulhosa e Eric meneou a cabeça, rindo ao dizer:

— Bom, não tem problema. Eu não sou muito fã de andar de carona e amo dirigir.

Mamãe soltou uma interjeição alta, claramente achando aquele comentário fofo e apertando o próprio rosto com as duas mãos ao revezar o olhar entre mim e Eric.

— Feitos um para o outro!

Revirei os olhos, ouvindo o riso alto do meu pai, enquanto Eric ajeitava os óculos sorrindo. Era engraçado ver o quanto ele mais uma vez estava confortável com toda aquela situação, ao mesmo tempo em que eu sentia meu rosto queimar. Ele era a pessoa perfeita para ser o namorado de mentira de alguém. E, quando encarei seus olhos escuros e seu sorriso perfeito, por um segundo me deixei pensar que seria perfeito também se não fosse mentira.

— Vem, Miguel! Você não vai fugir de cortar aquelas cebolas, não!

Mesmo fazendo uma careta, papai se deixou levar e sumiu com mamãe dentro da cozinha.

— Eles gostam tanto de você que chega a ser ridículo — comentei.

Eric cruzou os braços, sorrindo.

— Eu sou bem apaixonante mesmo.

Revirei os olhos, dessa vez mal tentando disfarçar um sorriso, e fui explorar a casa, procurando meu quarto. Entrei nos três quartos daquele corredor e dei uma olhada no banheiro só por curiosidade, achando muito agradável a decoração minimalista e rústica. Minha mala estava junto com a de Eric no corredor diante de um dos quartos, e eu me sentei na frente dela para passar bons minutos tentando desenrolar o nó de fios que tinha se tornado o carregador do meu celular, do qual estava precisando desesperadamente, e o meu fone de ouvido.

Quando fui para a cozinha, vi Eric com meus pais, ajudando a preparar a pizza. Os três conversavam e riam como velhos amigos. Foi estranha a sensação gostosa que tomou conta de mim. Foi um pouco assustador o quanto a cena me fez bem, mas tentei não ligar muito para isso e curtir o momento.

Jantamos uma maravilhosa pizza de calabresa, a melhor que minha mãe fazia. A massa era crocante e o recheio muito bem servido. Tinha gostinho de lar.

O assunto não morreu por um segundo sequer durante o jantar. Papai fazia mil perguntas para Eric, que respondia tudo com bastante tranquilidade, e mamãe fazia questão de mostrar o quanto estava feliz por nossa presença ali, perguntando de cinco em cinco segundos se Eric estava gostando da comida, se não queria mais nada. O melhor de tudo isso é que ninguém perguntou como andava meu trabalho.

Quando a conversa e a pizza terminaram, nós finalmente nos levantamos da mesa. Eric foi com minha mãe lavar a louça, e eu me joguei no sofá com papai. Estava passando o final da novela e eu não podia estar menos interessada, com os olhos quase fechando de sono. Mesmo tendo dormido durante a viagem, estava ansiosa para me deitar numa cama por mais umas vinte horas. Por isso, assim que mamãe e Eric entraram na sala, eu perguntei:

— A gente vai ficar naquele quarto mesmo?

— Isso, já coloquei até a roupa de cama no colchão — respondeu ela.

Sorri e mandei um beijo para minha mãe.

— Só tenham juízo — comentou meu pai —, porque a gente vai estar no quarto do lado, viu?

Meu pai me encarou com uma sobrancelha arqueada, esperando uma confirmação, mas eu só queria desaparecer da face da Terra naquele momento. Minha família estava realmente falando sobre minha vida sexual daquele jeito? Tudo bem que Eric era o primeiro namorado que eu apresentava para eles, mas não esperava por um comentário assim, ainda mais vindo do meu pai. Meu rosto inteiro ficou quente, e pensei que fosse explodir de constrangimento.

— Você disse que tava querendo tomar banho pra dormir também, né, Eric? — disse minha mãe, ignorando o conselho do meu pai. — Pode ir lá, meu bem, não fica com vergonha, não. Tem toalha no banheiro.

Ele apenas assentiu, despreocupado com toda a situação enquanto eu tentava sobreviver a um mini ataque cardíaco, e caminhou em direção ao corredor. Sem esperar um segundo, dei boa-noite aos meus pais e fui atrás dele.

O quarto não era tão grande quanto mamãe tinha me feito acreditar, mas a cama era de casal, então eu não podia reclamar.

Nossas bagagens tinham sido levadas para dentro e estavam encostadas em um canto, e Eric estava sentado no colchão, procurando algo na mochila.

Fiquei parada na porta, só observando ele vasculhar suas coisas. Quando Eric finalmente percebeu minha presença ali, me encarou com o cenho franzido.

— Que foi?

Olhei para trás, me certificando de que estávamos sozinhos, e entrei no quarto, fechando a porta atrás de mim.

— Eu não sei como você fica tranquilo perto deles — sussurrei. — Quer dizer, são os meus pais e eu amo os dois, mas nem *eu* fico tão de boa assim. Ainda mais depois daquele comentário do meu pai!

Eric deixou o queixo cair.

— Quer dizer que você não tava esperando pela chance de passar uma noite ardente de amor comigo na chácara que seus pais alugaram? — perguntou ele em um tom sarcástico. — Eu tô ofendido, Pita.

Àquela altura eu já conhecia o humor do Eric o suficiente para entender que seu comentário tinha sido uma piada, mas nem por isso meu cérebro deixou de se iluminar de mil maneiras diferentes, soltando uma sirene barulhenta que fez minha cabeça girar por alguns segundos. Por que, céus, eu precisava ser presenteada com imagens tão gráficas?

— Eu... Era só...

Ele riu por me deixar sem jeito e se levantou da cama, segurando o pijama. Parando bem na minha frente, Eric se curvou para dar um beijo na minha testa e dizer antes de sair do quarto:

— Boba. — Ele passou por mim para sair do quarto e eu o segui com o olhar, vendo sua hesitação antes de sair pela porta. Eric parou de novo e se virou para mim. — Eu gosto de conhecer pessoas novas, você já deve ter reparado. — Assenti de um jeito exagerado que o fez rir baixinho. — E seus pais são legais. Eles se importam com você, e acabam sendo carinhosos comigo também por associação. — Eric deu de ombros, abrindo um pequeno sorriso, parecendo quase sem graça. — Sei lá, eu gosto do jeito como eles me acolhem. Me lembra um pouco dos meus pais.

Havia um pouco de tristeza na expressão sempre tão tranquila de Eric, mas mais do que isso: seus olhos estavam repletos de carinho, perdidos em lembranças enquanto encarava algum ponto indefinido no chão. Tive vontade de dar um passo à frente para abraçá-lo bem forte, mas esse sentimento era novidade para mim e não consegui criar coragem de colocá-lo em ação. Eric balançou a cabeça e voltou a me encarar.

— Além do mais, seu pai era do Semba, Pietra! — ele ressaltou, acabando com a breve seriedade da conversa. — Como é mesmo aquela música famosa deles? Canta um trecho aí pra eu lembrar.

Me aproximei para espalmar as mãos em seu peito e o empurrar de vez para fora do quarto.

— Vai pro seu banho, vai.

Eric obedeceu, rindo pelo caminho. E eu estava me sentindo de fato boba, por estar tão feliz de tê-lo ali comigo e vê-lo contente também.

Aquela situação ficava cada dia mais confusa.

Usando a melhor tática para fugir de pensamentos indesejados, troquei de roupa e me joguei na cama para dormir.

20

Quando abri os olhos, uma claridade suave entrava pelos vãos da janela fechada. Devo ter desmaiado de sono logo que me deitei, e ao mesmo tempo parecia que eu tinha acabado de fechar os olhos e de repente já era dia. Queria dormir um pouco mais, até porque aquela cama estava bem confortável, com o travesseiro bem fofinho, o braço de Eric jogado por cima do meu corpo me envolvendo...

Não era a primeira vez que eu acordava daquela maneira, com Eric bem atrás de mim, me envolvendo em uma conchinha aconchegante, mas foi a primeira vez que me dei conta do quanto estava começando a me sentir confortável assim.

Segurei a mão de Eric que repousava sobre minha barriga e estava prestes a afastá-la quando ele a moveu, me pressionando contra si.

— Não, vamos dormir mais — ele murmurou em uma voz grave e sonolenta.

— Preciso levantar, ou minha mãe vai entrar aqui e me arrancar da cama.

— A dona Carmen não faria isso comigo aqui.

— Você acredita demais na bondade da minha mãe.

Ele soltou um riso preguiçoso.

— Acredito mesmo. E aposto que ela me deixaria dormir mais se eu contasse que você roncou a noite inteira.

Virei a cabeça bruscamente para encará-lo por cima do ombro.

— Eu não ronco!

— Que você saiba...

Fiz uma careta, mesmo com ele ainda de olhos fechados, e Eric sorriu, como se adivinhasse o que eu estava fazendo. Depois ele me deu um beijo no ombro e se jogou para o outro lado, finalmente me deixando livre. Eu poderia sair da cama, mas tinha perdido a vontade. Me virei para o outro lado e me peguei observando a tatuagem de Eric que ficava na costela esquerda, logo abaixo do peito. Era uma pequena flor, em um traço bem fluido e delicado.

— Adoro sua tatuagem — falei.

Ele abriu os olhos lentamente e abaixou a cabeça para encarar o desenho. Um sorriso triste surgiu em seu rosto ao dizer:

— O nome japonês da minha mãe era Yuriko. E Yuri significa lírio. Eu fiz a tatuagem depois do acidente.

Encostei o indicador em sua pele tatuada, traçando com um toque suave as linhas que formavam a flor. Eric não pareceu se incomodar, e eu poderia passar horas ali.

— É linda — elogiei. — Ela teria adorado a homenagem.

Sua risada encheu o quarto na mesma hora.

— Não, minha mãe odiava tatuagens. Ela teria esfregado até arrancar fora.

Depois do riso, seus lábios ainda continuaram repuxados, mas não daquele jeito alegre ou presunçoso.

— Você sente muita falta deles.

Ele me encarou, ainda com o sorriso triste nos lábios, e me respondeu, embora eu não tivesse dito aquilo como uma pergunta:

— Todos os dias.

Sustentei seu olhar, em parte porque era incapaz de desviar minha atenção do seu rosto, e também porque não queria. Ele era tão lindo. Como era possível? Ser tão lindo daquele jeito? Não parecia justo com o resto da humanidade. E eu estava deitada bem ao seu lado, trocando olhares e sentindo um milhão de coisas diferentes.

Eric esticou o braço e pegou entre os dedos um cacho caído sobre a minha testa para colocá-lo delicadamente atrás da minha orelha, e seus dedos continuaram afagando meu cabelo por um tempo. Ele estava se esforçando demais para fazer meu corpo inteiro derreter.

Me aproximei para poder beijá-lo, mas nossos lábios mal tinham se tocado quando alguém abriu a porta do quarto com tudo e entrou correndo. Levei um susto enorme quando esse alguém pulou sobre a cama, bem em cima de mim, e teria gritado se não tivesse reconhecido logo o rosto da garotinha negra de cabelo bem volumoso.

— Dani! — eu disse, querendo parecer brava, mas sentindo meu coração se encher de carinho pelo rostinho feliz da minha prima.

A menina ainda soltou mais uma gargalhada antes de me agarrar com os bracinhos. Não permaneci séria por mais tempo; abracei-a com força e me curvei para encher seu rosto de beijos. Fazia algum tempo que eu não a via, e ela parecia bem maior do que na última vez que nos encontramos.

— Eu tava com saudade, Pita! — ela afirmou em um tom alegre e estridente.

— Eu também! — Segurei seu rostinho entre as mãos e estreitei os olhos. — Mas não precisava tentar me matar do coração, né?

Ela se afastou de mim, rindo mais, daquele jeito divertido e despreocupado que só uma criança de cinco anos conseguia. Eric se ajeitou, jogando as pernas cobertas pela calça de moletom para fora da cama, vestindo a camisa que estava pendurada na cabeceira e colocando os óculos. O movimento chamou a atenção de Dani, que percebeu a presença dele pela primeira vez.

— Você que é o namorado da Pita? — perguntou ela, sorrindo.

Eric assentiu.

— Sim, senhora — respondeu ele. — E quem é essa princesa linda?

Dani soltou um risinho empolgado e eu soube que Eric a tinha conquistado. Ele era ótimo com crianças. Quer dizer, ele era ótimo com qualquer ser humano e alguns não humanos também.

— Essa é a minha priminha, Dani — apresentei. — E cadê sua mãe e seu irmão?

— Eles estão lá fora! Vem, sua mãe mandou vocês acordarem!

Lancei um olhar para Eric, sorrindo e erguendo as sobrancelhas para deixar claro a mensagem: *viu só como eu estava certa?* Ele apenas bufou e meneou a cabeça.

Não era meu plano sair do quarto para encontrar pessoas antes de trocar a camisola. A vida, porém, me fez ser conduzida por uma garotinha pelo corredor, em direção a toda minha família, com cara de sono, pijama possivelmente constrangedor, cachos sem forma e sendo seguida por Eric.

Vi mamãe conversando animadamente com tia Roberta, mãe de Daniela. Já fazia alguns anos que ela tinha se mudado com meus primos para Vitória, isso logo depois do irmão do meu pai, tio Cláudio, falecer. Mesmo assim estavam vivas na minha memória todas as tardes que passei na casa dos meus tios quando eles moravam no fim da rua e eu ficava lá brincando e comendo bolinho de chuva. Sempre achei a tia Roberta uma das mulheres mais lindas do mundo, com a pele retinta, o olhar intenso, os lábios carnudos como os meus, o cabelo bem crespo e volumoso, que naquele momento estava bem baixinho no topo da cabeça, e um dos sorrisos mais doces.

— Mamãe, a Pietra acordou!

Titia e minha mãe olharam em nossa direção assim que Dani fez o anúncio.

— Ela acordou ou você deu uma ajudinha, Dani? — ralhou tia Roberta.

A garotinha deu de ombros, sendo prontamente protegida pelo colo da minha mãe. Titia caminhou até mim, ainda me lançando aquele sorriso caloroso, e me abraçou bem apertado. Fechei os olhos, deixando a nostalgia tomar conta.

— Como você tá, minha linda?

— Tô ótima, tia. E a senhora?

Ela se afastou, segurando meu rosto como eu tinha feito com Dani, fazendo eu me sentir uma criança por alguns segundos, e respondeu:

— Nunca estive tão bem.

— É, porque a mamãe arranjou um *namoraaaadooo* — interrompeu Dani, cantarolando a última palavra.

Todas nós rimos do comentário, mas titia se aproximou da filha e bagunçou seu cabelo, falando:

— Menina, para de se meter onde não é chamada!

— Ai, Roberta, por favor, né! — se pronunciou mamãe, mantendo Dani em seus braços. — Deixa as pessoas saberem! Eu até te disse que você deveria ter trazido esse seu namorado.

— E eu lá tenho idade pra ficar apresentando namorado pra família, Carmen? — protestou minha tia. — Isso é coisa pros meninos fazerem!

Soltei um muxoxo.

— Tia, nada a ver! Não tem idade pra se apaixonar, não.

— Pois é! — concordou mamãe. — E a Pietra ia até gostar de não ser a única com namorado novo.

Tia Roberta me olhou no mesmo instante, estreitando os olhos e forçando um sorriso sugestivo para mim. Tudo isso enquanto Dani se sentia inspirada para começar um coro de "Tá namorando! Tá namorando!" que arrancou gargalhadas da minha mãe. Mostrei a língua para minha prima na mesma hora, enquanto titia olhou para Eric, que estava parado bem atrás de mim.

— Ah, eu fiquei sabendo! — disse ela. — Esse é o príncipe encantado?

Antes que eu dissesse algo, Eric esticou o braço e cumprimentou minha tia, sorrindo.

— Não sei se sou príncipe encantado, mas é, sou o Eric, namorado da Pietra.

Ignorei a sensação estranha que ouvir aquilo me causava. Era algo entre alegria, culpa e excitação. E eu não queria me aprofundar em nenhum daqueles sentimentos, pelo menos não durante aquele fim de semana. Tudo precisava acontecer naturalmente.

Foi naquele exato instante que ouvi risos vindo da sala. Olhei pela entrada da cozinha e lá estavam os dois rapazes. Um deles, dono da risada alta, soltou duas malas em um canto. Mesmo que ficasse vinte mil anos sem ver meu primo Diego, eu jamais seria capaz de esquecer aqueles olhos intensos, o cabelo crespo sempre bem alinhado, o rosto inteiro sendo uma obra de arte perfeita, como sempre. Ao seu lado, soltando mais malas, estava Tito, o namorado do meu primo, que era um pouco mais alto do que ele e tinha um cabelo liso que parecia maior toda vez que eu o via.

Abri um sorriso enorme e fui até os meninos. Eu nem tinha entrado na sala ainda quando as cabeças dos dois se viraram em minha direção.

— Olha só, quem é vivo sempre aparece! — brinquei.

Tito e Diego pareceram animados em me ver, mas foi meu primo que abriu os braços e veio apressado até mim.

— Pita!

Antes que eu percebesse, Diego estava me apertando em um abraço tão forte que, por alguns segundos, tive dificuldade em respirar, mas não reclamei. Meu primo dava os melhores abraços, isso porque eles costumavam ser exatamente como sua personalidade: pura alma e magia.

— Faz quase um ano que eu não te vejo, Diego! — disse assim que nos afastamos. — Tava morrendo de saudade!

— Eu sei, eu sei. Era pra eu ter ido te visitar em julho, mas certas pessoas estragaram os planos.

Ao ouvir a acusação, Tito se aproximou.

— Agora a culpa é minha? — Ele se virou para mim com uma expressão de arrependimento. — Pita, eu juro por tudo que é mais sagrado que eu queria ter ido, mas acabei tendo que ir tocar num festival em Belo Horizonte. Perdão!

Não consegui segurar o riso baixo que escapou dos meus lábios ao ver as palavras pularem apressadas da boca de Tito, todas carregadas de sinceridade e preocupação.

— Relaxa, Tito! — tranquilizei-o. — E eu tava com saudade de você também!

Tito pareceu satisfeito e me abraçou também, de um jeito mais desajeitado e menos intenso do que Diego tinha feito, mas ainda dava para sentir todo o carinho. Eu realmente amava aqueles dois.

— Ela te perdoou muito rápido — protestou Diego. — Se fosse eu dando alguma desculpa, a Pietra jamais ia aceitar.

Tito e eu reviramos os olhos ao mesmo tempo.

— Ah, tá bom! — falei. — Todo mundo sempre te perdoa.

Diego ia discordar, mas Tito não lhe deu oportunidade, completando:

— Exato! Ele joga esse sorriso pras pessoas e consegue tudo o que quer.

Diego apontou para o próprio rosto, forçando um dos seus lindos sorrisos e entortando um pouco a cabeça ao encarar Tito. Seu namorado meneou a cabeça, mas dava para ver as pontas de seus lábios começando a se levantarem. Esse detalhe não escapou a Diego, que chegou mais perto de Tito e lhe deu um beijo rápido. Durante todo o tempo, senti meu rosto doer pelo tanto que eu sorria pela felicidade deles.

Ouvi os passos vindo da cozinha e soube que eram de Eric sem precisar me virar, porque aparentemente isso também era algo com que eu tinha me acostumado.

— E esse deve ser o namorado! Prazer, eu sou Diego, o primo favorito da Pietra — meu primo se apresentou, batendo suavemente no ombro de Eric quando ele parou ao meu lado. — Esse é o Tito. Pisca duas vezes se minha prima tá te ameaçando de morte pra te manter aqui.

Meneei a cabeça, indignada com o comentário. Eu não iria tão longe assim. Acho. Talvez. Dependeria do desespero. De qualquer forma, meu parceiro de relacionamento falso apenas riu antes de se apresentar:

— Sou o Eric, prazer. E não, eu tô com ela por livre e espontânea vontade.

— Sério? — insistiu Diego. — Ela não tá mantendo nenhum familiar seu em cárcere? Descobriu um segredo comprometedor? Você tá devendo dinheiro pra ela? Pode falar, eu e meu noivo podemos te ajudar a fugir dessa roubada.

Aquelas perguntas arrancaram mais risos de Eric, enquanto eu só conseguia bufar.

— Muito engraçado, Die... — estava começando a protestar quando me dei conta do que ele tinha dito. — Calma. Você falou "noivo"?

Arregalei os olhos ao encarar os dois. A pele branca de Tito começava a ficar rosada na região do pescoço, e ele fechou os olhos para esconder ainda mais sua vergonha, mas meu primo sorriu orgulhoso e puxou a mão do namorado para mostrar as alianças que brilhavam em torno dos dedos anelares dos dois.

— A gente ia contar quando tivesse todo mundo junto, mas seu primo não se aguenta — explicou Tito, voltando a nos encarar.

Não consegui evitar um grito animado ao ouvir aquela confirmação. Nos perdemos em abraços longos e apertados, e até mesmo Eric fez parte do momento. Eu não poderia estar mais contente. Diego e Tito mereciam toda a felicidade do mundo.

— Quando foi isso? — perguntei, curiosa.

Foi Tito quem me respondeu, sorrindo de orelha a orelha:

— Sábado passado a gente tava comemorando dois anos de namoro...

— Se você contar do jeito certo, eram dois anos e quatro meses — interrompeu Diego.

Tito encarou meu primo, revirando os olhos.

— Já tivemos essa conversa, nosso namoro não começou aquele dia em Guarapari!

— Meio que começou, sim.

— Claro que não, Diego!

— Pelo amor de Deus, conta logo! — exclamei.

Diego pigarreou e continuou a história:

— Eu chamei o Tito pra ir passar o fim de semana justamente em Guarapari, *onde nosso namoro começou*. — Tito fez uma careta, tentando esconder um sorriso. — Eu tava pensando havia um tempo em fazer o pedido, já faz quase um ano que a gente tá morando junto e eu não consigo ver minha vida sem ele.

Os dois voltaram a se olhar e trocaram caretas fofas que fizeram meu coração derreter um pouquinho.

— Ele me tirou de dentro de casa numa noite, jurando que ia ter uma competição de dança na praia, e eu acreditei. A gente tava andando na areia quando o Diego me perguntou se eu queria me casar com ele.

— Exatamente no mesmo lugar que a gente começou a namorar.

Tito grunhiu baixinho e já ia brigar com meu primo, mas foi interrompido pelo beijo rápido que Diego lhe deu e que o desarmou no mesmo instante.

— Eu tô muito feliz por vocês — falei.

Meu primo apertou o noivo entre os braços e levantou um pouco a cabeça para encher seu rosto de beijos. Eu conhecia Diego desde sempre e, antes de Tito, nunca o tinha visto daquele jeito. Quer dizer, ele sempre foi a pessoa mais agradável do planeta, sempre carinhoso e amoroso, mas tinha algo de especial quando Tito estava por perto. Todos nós conseguíamos sentir. Até mesmo Eric estava com um sorriso enorme no rosto enquanto olhava os dois.

— Tá bom, agora a gente tem que ir contar pros seus tios, senão eu vou me sentir culpado — disse Tito, pegando a mão de Diego e arrastando-o em direção a cozinha.

Continuei parada onde estava, assim como Eric. Ele se manteve a alguns passos de mim, e seu olhar estava preso em meu rosto; consegui notar isso antes mesmo de me virar em sua direção novamente.

— Pijama legal.

Só então lembrei que não tinha tirado a camisola de fantasminhas. Não tinha nada de tão revelador sobre ela; o tecido era grosso e não estava muito colado no meu corpo, e mesmo assim deixava metade das minhas coxas à mostra, o que já era mais do que o necessário para me deixar sem graça.

— Argh, preciso me trocar — murmurei, puxando a barra da camisola para baixo.

— Certeza? Fica muito bem em você.

Voltei a encará-lo, pronta para revirar os olhos diante da expressão divertida que achei que encontraria em seu rosto, mas ela não estava lá. Nossos olhares se encontraram na mesma hora, e eu não tive força nenhuma para desviar, não com Eric me encarando com os olhos brilhantes e intensos, me deixando desconcertada por alguns segundos.

— Você não devia ficar me olhando assim — avisei.

Ele arqueou uma sobrancelha e perguntou:

— Assim como?

— Eric, vem cá!

O grito repentino de mamãe nos interrompeu. Eric lançou um último sorriso para mim e deu uma piscadinha antes de caminhar até a cozinha.

**

Resolvi dedicar a tarde de sábado ao meu cabelo; afinal, ele precisava ficar perfeito para a festa daquela noite.

Cuidei um pouco da saúde dos meus cachos e me preparei para uma boa umectação capilar. Eu estava justamente sentada em uma cadeira na varanda da casa, com a mão cheia de óleo de coco, quando Dani se aproximou, me olhando curiosa. Minha priminha quis saber o que eu estava fazendo e, quando contei, a garotinha ficou animada e perguntou se eu faria nela também. Como poderia dizer não? Passei um bom tempo massageando a cabeça da minha prima, enchendo seu crespinho de óleo de coco.

O restante da família estava espalhado por todos os cantos da chácara. Mamãe e tia Roberta tinham se perdido no meio das árvores para procurar frutas. Papai havia saído para comprar mais bebidas para o churrasco que faria no domingo. Diego, Tito e Eric foram para a piscina, e eu podia ver a movimentação e ouvir os risos altos de longe.

Quando terminamos e ficamos pelo menos meia hora conversando para esperar o tempo certo da umectação, peguei meus produtos e levei Dani até a torneira que ficava perto da piscina, conectada a uma mangueira, já que assim seria mais fácil lavar nossos cabelos. Os meninos continuavam brincando sem parar na piscina, e eu só olhei duas vezes na direção deles para ver Eric pulando de sunga na água ou apostando com Diego quem nadava mais rápido até a borda. Mantive a atenção em nossos cabelos, cobrindo nossas cabeças com shampoo. Foi justamente quando estava terminando de enxaguar o cabelo de Dani que ouvi os passos se aproximando.

— O que vocês duas estão fazendo?

Olhei por cima do ombro e vi Diego, vestindo uma sunga verde e todo encharcado, se aproximando. Em sua companhia, estava Eric, balançando a cabeça para tirar o excesso de água do cabelo. Tentei me manter concentrada na minha prima e ignorar que a pele de Eric estava mais bronzeada.

— Lavando o cabelo. A Pita fez *umitação* na gente. Agora nosso cabelo vai ficar nutrido!

— Umectação, Dani — corrigi, sorrindo e terminando de passar minhas mãos pelo cabelo da minha prima enquanto segurava a mangueira sobre a cabeça da garotinha curvada para a frente, tomando todo o cuidado para que só seu cabelo molhasse. — Pronto, agora só falta o condicionador.

— Deixa que eu faço, Pietra — se ofereceu Diego, tirando a mangueira de mim antes que eu pudesse protestar. — Quero aprender como cuidar do cabelo da minha irmãzinha também. É assim?

Cruzei os braços e observei meu primo passar a mangueira delicadamente pela cabeça de Dani, mas eu sabia que ele tinha planos malignos em mente. Atendendo às minhas expectativas, Diego fez a primeira palhaçada: deixou a mangueira falsamente escapar de sua mão e molhar parte do corpo de Dani. A garota soltou um grito e se afastou do irmão, o cabelo ensopado escorrendo.

— Diego!

— Desculpa, Dani. Foi sem querer, eu tô aprendendo ainda. É assim que faz? — Sua pergunta veio seguida de um jato de água que ele jogou sobre a irmã.

Dani pulava para tentar fugir da água e gritava, se esforçando para não rir e permanecer brava com a brincadeira do irmão, que não parou um minuto de tentar molhar cada vez mais a garota.

— Tá bom, Diego, chega — intervi. — Deixa a menina em paz.

— É, Diego — concordou Eric, caminhando até meu primo e tirando a mangueira dele sem dificuldade. — Não é justo fazer isso com uma criança.

Eu estava meio distraída com o sol brilhando na pele molhada de Eric, analisando o modo como algumas gotinhas escorriam por suas costas largas. Meu momento de apreciação terminou no instante em que ele se virou para mim com um sorriso travesso e a mangueira em mãos. O plano dele se desenrolou na minha frente em menos de um segundo.

— Eric, não.

Eric deu alguns passos na minha direção, levantando uma sobrancelha e entortando um pouco a cabeça ao afirmar com a voz mais doce do mundo:

— É só um pouco de água, Pita. Pra enxaguar.

— Sério, nã...

Antes que eu terminasse, senti o jato de água atingir meu rosto e descer pelo meu peito e minha barriga. Apesar do calor, a água gelada me fez dar um pulo, deixando minhas roupas empapadas. Ouvi a risada de Diego ao fundo na mesma hora em que percebi o líquido espumoso começando a escorrer pela minha testa e gritei:

— Eu ainda tô com shampoo!

Meu primo se divertiu ainda mais e, antes que eu pudesse dar uma bronca nele, Diego começou a correr atrás de Dani pelo gramado, afastando-se e fazendo a irmã gritar e gargalhar na mesma proporção. Eric se aproximou de mim, soltando uma risada baixa e recebendo um olhar de repreensão logo que consegui afastar parte da espuma das pálpebras.

— Desculpa — ele murmurou ao parar na minha frente. — Deixa eu te ajudar.

Senti seus dedos acariciarem minha testa, enquanto a outra mão segurou a mangueira sobre mim, terminando de me molhar por inteira. Eu não estava mais preocupada com isso; já não tinha mais jeito mesmo, então apenas fechei os olhos e aproveitei o contato suave de seus dedos subindo por meu cabelo e o enxaguando delicadamente. Senti meus fios se tornarem mais leves e a água escorrer por minhas costas. Eric continuou passando a mão por meu cabelo mesmo depois de desligar a mangueira. Aquele toque estava deixando todo o meu corpo meio mole, e soltei um longo suspiro sem perceber, provocando o riso baixo de Eric. Só quando seu polegar acariciou minha bochecha que resolvi abrir os olhos.

De repente, me vi encarando suas íris escuras, e seu rosto estava inclinado para baixo, bem pertinho do meu. Senti sua respiração contra minha pele. E, claro, seu polegar continuava a acariciar minha bochecha enquanto seu indicador fazia o mesmo com o meu queixo. Sem perceber, levantei um pouco a cabeça, completamente enfeitiçada pelo toque e já morrendo de saudade do gosto daquela boca.

— Você não devia ficar me olhando assim — disse Eric, repetindo minhas palavras de mais cedo.

— Assim como? — soltei em um suspiro, ainda meio hipnotizada.

O sorriso que foi se abrindo lentamente no rosto de Eric me deixou um pouco mais fraca. Ele inclinou o corpo para a frente, colando os lábios no meu ouvido, e sussurrou:

— Se comporta, sua família tá olhando. — Ajeitando a postura, Eric me olhou intensamente antes de me dar um selinho rápido. — Mais tarde.

Ele parecia bastante satisfeito por ter me deixado completamente sem rumo ao se afastar, trilhando o caminho de pedras que levava de volta à piscina.

Acompanhei seus passos lentos, tentando normalizar minha respiração, mas acabei me deparando com Tito dentro da piscina: os braços apoiados na borda, olhos fixos em nossa direção e um sorriso no rosto.

Pelo menos ninguém iria desconfiar da veracidade do nosso namoro...

21

Depois da bagunça na mangueira e de finalmente tomar um longo banho decente, me tranquei no quarto com minha mãe, titia e Dani, todas terminando de se arrumar porque já era possível ouvir a música tocando lá fora. Tia Roberta nos maquiou e fiz um afro puff em Dani, quase idêntico ao que fiz em mim; até os *baby hairs* que modelei em nossas testas estavam muito parecidos.

Quando saímos para os fundos, Tito já estava em seu posto como DJ, com um sorridente Diego ao seu lado, enquanto papai dançava sozinho no meio da pista improvisada na parte de concreto no meio do jardim. Eric estava sentado em uma das mesas que se espalhavam pelo gramado, concentrado na tela do celular. Os quatro já estavam arrumados, mas não reparei muito nos outros quando me dei conta de que Eric ficava ainda mais perfeito usando calça jeans escura e camisa social azul-marinho, que combinavam com a armação preta dos óculos.

Dani correu na direção do meu pai, que pegou a garotinha no colo e continuou dançando com ela. Mamãe e titia logo foram ajeitar os enfeites de flores que estavam em todas as mesas quando dona Carmen reclamou do jeito como eu tinha colocado.

Precisei respirar fundo para tomar coragem ao caminhar até Eric. Senti meu estômago gelar um pouquinho ao ver a atenção dele sair do celular e se voltar para mim quando cheguei mais perto. Tentei me concentrar em não pisar na barra do vestido longo, segurando as laterais do leve tecido amarelo e ignorando o fato de Eric ter levantado assim que parei à sua frente. Quando finalmente o encarei, seus olhos ainda terminavam de me examinar e as palavras saíram quase como um murmúrio de seus lábios:

— Você tá linda.

Nunca fui boa em lidar com elogios. Começava a me sentir muito consciente de tudo, o que fazia meu cérebro disparar um alarme me dizendo que tinham dito aquilo só por dizer e que na verdade havia algo de errado com o que eu estava vestindo, minha maquiagem, meu cabelo, meu rosto, meu corpo, tudo. Por isso a decisão mais simples era ignorar e desviar o assunto.

Alisei o tecido delicado entre os dedos e disse:

— Foi uma sorte achar esse vestido. Já tava desistindo e ele apareceu na minha frente. Não foi tão caro também e…

— Pietra — me interrompeu Eric, sorrindo. — Aceita o elogio.

Não sei se foi o tom da sua voz ou o jeito como ele me olhava, mas aquilo me deixou ainda mais constrangida. Era estranho perceber o quanto ele me enxergava.

— Obrigada — respondi, tentando parecer confiante. — Você também tá bem bonito. Um galã de novela.

Ele levantou uma das sobrancelhas com uma expressão divertida no rosto.

— Me avisa quando tiver novela brasileira com protagonista amarelo.

— Serve se for interpretado por um homem branco?

Eric riu do meu comentário sarcástico, e logo ouvimos barulhos de buzina. Diego e papai correram até o portão da chácara e abriam passagem para os carros dos meus tios maternos. Um friozinho se instalou no meu estômago quando encarei a realidade do que seria aquela noite.

— Ok, eles estão chegando — falei, me virando para Eric. — Se alguém for babaca, me desculpa. De verdade. Existe a possibilidade de algum deles fazer comentários racistas. Talvez o primeiro seja o namorado da minha prima, que é um otário. Ah! E se eles começarem com provocações sobre "finalmente alguém que resolveu dar um jeito na Pietra", ou algo do tipo, só ignora. Alguns dos meus parentes conseguem ser horríveis e ficam repetindo que eu precisava de um homem e blá, blá, blá. Talvez umas amigas da minha mãe deem em cima de você também. E nem pensar em falar sobre política! Sério. Você não vai querer saber em quem metade desse pessoal votou pra presidente nas últimas eleições.

Eu não tinha percebido o quanto os olhos de Eric estavam arregalados até o momento em que parei de falar.

— Você tá me deixando nervoso.

Meneei a cabeça, tentando forçar um sorriso.

— Desculpa. Não vai ser tão ruim... Eu acho.

Eric olhou mais uma vez na direção dos carros que estacionavam. Ele respirou fundo e eu mordi o lábio inferior, me sentindo culpada por fazê-lo passar por aquilo. Parecendo ouvir meus pensamentos, ele abaixou o rosto para me encarar e repuxou os lábios em um sorriso estranho. Não tinha toda a confiança que costumava ter, mas não mostrava arrependimento.

— Não sai do meu lado, tá? — Ele abriu a palma da mão, oferecendo-a para mim. Respondi deixando meus dedos escorregarem pelos dele e apertando-os com força.

Eric, como era de se esperar, estava sendo a pessoa mais agradável da festa.

Eu nem sei como ele conseguia. Já tinha conhecido pessoas simpáticas antes: Duda sempre sorria para todo mundo e Carla nunca perdia a oportunidade de tentar *conhecer de verdade* alguém aleatório — segundo ela, todos tinham algo para compartilhar. Mas Eric levava a palavra "cordial" para outro nível.

Os convidados foram chegando e, depois que eu apresentava meu suposto namorado, Eric abria o melhor de seus sorrisos, apertava a mão ou dava um abraço em cada um. Entre puxar assuntos diversos e parecer interessado no que eles diziam, Eric foi a sensação do momento. Não houve uma pessoa sequer que não me lançou um olhar de aprovação ao meu novo relacionamento. Na verdade, eu mesma estava perfeitamente feliz com a situação. Se soubesse que arrastar um namorado falso para esses eventos familiares faria com que eu não fosse o alvo de tantas perguntas, já teria feito isso muito tempo antes.

Mamãe era quem estava mais feliz com o sucesso de Eric. Ela não parava de vir até onde estávamos para falar com quem quer que estivesse conversando conosco que seu genro era um homem maravilhoso e que eu tinha tirado a sorte grande. Eric respondia apertando o braço em volta da minha cintura e jogando palavras charmosas para minha mãe. Seria muito ridículo se não fosse fofo. Ou seria fofo se não fosse faz de conta.

Precisei me lembrar disso com certa frequência naquela noite. Entre a memória dos nossos momentos juntos e Eric sendo incrível, eu quase me perdia no meio da mentira, me deixando acreditar que o sentimento bom que me dominava por tê-lo ao meu lado pudesse ser mais do que realmente era. Eu o arrastara àquela situação e ele fora maravilhoso por embarcar comigo, mas eu não podia me deixar levar.

— Quer dançar?

A pergunta repentina me pegou de surpresa e precisei encarar Eric por alguns segundos para saber que ele estava falando sério.

— A resposta pra essa pergunta é sempre não, obrigada — falei.

Rindo e decidindo ignorar o que falei, Eric me puxou para a pista de dança, onde apenas alguns dos meus tios que já estavam mais altinhos arriscavam dançar colado a música lenta dos anos 1970 que Tito tocava.

Eric me manteve perto, com os braços enlaçando minha cintura, enquanto minhas mãos repousavam em seus ombros.

Ficamos nos encarando em silêncio por um tempo, balançando os corpos de um lado para o outro no ritmo da música.

— Eu tô meio decepcionado que ainda não tocou "Balela" — falou ele, interrompendo o silêncio.

— Meu pai não deixaria.

— Vou fazer um pedido especial pro Tito.

Estreitei os olhos e perguntei:

— Quer ser expulso da festa?

— Tá bom, então você vai lá e canta pra gente.

O riso pulou para fora de mim antes que eu pudesse impedir. Só de me imaginar parando a festa dos meus pais para cantar uma música do Semba, eu já sentia vontade de cair no chão e gargalhar.

— Você não desiste, né?

— É importante a gente acreditar nos nossos sonhos — disse Eric.

— *Esse* sonho você pode matar.

Ele se curvou para me dar um beijo rápido, e depois não afastou a boca da minha ao cantar baixinho contra meus lábios, mantendo os olhos fixos nos meus:

— *Fui o único tolo, me enganei. Não podia dar asas à ilusão.* — Meneei a cabeça, tentando não sorrir ao reconhecer os versos. — *Vi o seu rosto e pensei: como vou negar essa paixão?*

Eric levantou as sobrancelhas, deixando bem clara a insistência no pedido. Encaixei o rosto dele entre minhas mãos e lhe dei um selinho estalado, antes de me afastar e responder:

— Eu não vou cantar "Balela".

Ele bufou e tinha uma resposta na ponta da língua, mas não pôde rebater.

— Eric! — o grito de mamãe nos interrompeu e chamou nossas atenções. Ela estava parada do outro lado da festa, chamando Eric com a mão de um jeito espalhafatoso.

Ele, gentil como era, deu de ombros e me abandonou ali para ver o que minha mãe queria. Observei os dois se afastarem para dentro da casa, trocando palavras e sorrisos de um jeito que deixou meu coração mais feliz.

O que estava acontecendo comigo?

Eu, mais do que qualquer outra pessoa, não podia me esquecer de que tudo era uma mentira. Minha relação com Eric não era real. Não tinha como eu ser burra o suficiente para me deixar levar por uma história que eu mesma tinha criado só porque ficamos juntos algumas vezes, não é? Preferi não pensar sobre a resposta para essa pergunta, por isso caminhei sem rumo entre os convidados, procurando qualquer coisa que fizesse minha mente parar.

De repente alguém me abraçou forte por trás, e até levei um susto de primeira, mas logo reconheci a voz quase gritando no meu ouvido:

— Bonequinha!

Lunito deu um beijo demorado na minha bochecha e me apertou ainda mais. Apesar de não ser muito fã de abraços, não consegui deixar de rir e de me sentir confortável por estar ali com ele.

— Oi, padrinho! Nem vi você chegar.

— Cheguei agorinha. Demorei pra sair de São Paulo porque estava esperando esse palhaço aí chegar.

Só quando Lunito apontou com a cabeça para a pessoa à nossa frente que percebi que tínhamos companhia, e não qualquer companhia.

— Carioca! — gritei, me desvencilhando do meu padrinho para abraçar o outro amigo do meu pai. — Quanto tempo!

— Pois é, Pita! — concordou ele, dando um beijo no topo da minha cabeça. — A última vez que te vi você ainda era uma menina.

Ri.

— Aí é exagero da sua parte.

— Ah, você sabe que pra esses velhos você vai ser sempre uma menina.

Aquele comentário me encheu de alegria. Apesar de ter voltado a morar no Rio de Janeiro depois do fim do grupo, Carioca continuava sendo muito próximo de papai e do meu padrinho. Ele também era bem diferente dos dois, mais baixo, gordo, com a pele negra retinta e careca.

— E você continua tocando e cantando como um anjo? — perguntou ele.

Fui pega de surpresa, porque, apesar de receber elogios pelos meus talentos musicais, me senti uma contraventora falando sobre o assunto durante a festa dos meus pais, já que estava tocando e cantando bem mais do que qualquer pessoa ali imaginava.

Lunito me abraçou pelos ombros e respondeu por mim:

— A Pita segue sendo maravilhosa com o violão e ainda faz mágica com o piano. Esses dias ela tocou no Deolinda e, juro, parecia que os dedos dessa garota nasceram colados nas teclas.

Me senti grata pela intervenção de Lunito.

Carioca abriu um sorriso enorme.

— Fico muito feliz em saber disso. — Ele segurou minha mão. — Sei do ressentimento do seu pai e da opinião da sua mãe, mas queria que você soubesse que não tem nada de errado em deixar a música estar presente na sua vida. Olha pra mim e pro Lunito, que nunca deixamos isso completamente de lado. O desgosto do seu pai se misturou com o luto de perder seu tio e tudo ficou complicado... — Carioca apertou minha mão. — Mas não precisa ser assim com você, viu? Viva a sua verdade.

Eu me forcei a abrir um sorriso e assentir, embora minha mente tivesse começado a girar e lágrimas quase tivessem brotado dos meus olhos. Porque aquelas palavras tão simples faziam um estrago muito grande dentro de mim. Eu nunca tinha ouvido aquilo dos meus pais, de quem eu esperava mais apoio e compreensão.

Pelo contrário.

Eu estava sustentando a mentira de um emprego que não tinha mais e inventando um namoro para não ter que lidar com o fato de que, sim, talvez encontrar a música na minha vida fosse o caminho que me deixaria mais feliz.

Mas viver a minha *verdade*? Eu sequer sabia qual era ela?

Eric estava sentado na sala escura, com a cabeça no encosto do sofá e os olhos fechados. Eu tinha chegado silenciosamente e parado bem atrás dele antes de anunciar minha chegada.

— Te achei — falei, e Eric escancarou os olhos na mesma hora, encontrando meu olhar bem acima do seu.

— Eu não tava me escondendo. Só parei pra descansar um pouco.

Apoiei as mãos ao lado da cabeça de Eric.

— Por quê? Minha mãe abusou da sua bondade?

O canto do seu lábio se repuxou, mas não sei nem se podia chamar aquilo de sorriso, depois de ver tantos outros mais expressivos em seu rosto.

— Não, sua mãe é ótima — respondeu Eric, voltando a fechar os olhos. — Eu só tava pensando.

— Nunca é um bom sinal.

Aquilo teria arrancado um sorriso dele em outro momento e o fato de não acontecer nada agora me preocupou. Seu rosto estava muito sério, com linhas tensas. Eu nunca o tinha visto assim. E se aquela festa estivesse sendo demais? Ou se minha mãe tivesse dito algo que ultrapassara algum limite?

Era loucura pensar que um namoro inventado podia ser uma boa ideia, mas era ainda mais insano achar que algo real podia sair de uma mentira. Nem sei exatamente o que eu esperava que acontecesse entre mim e Eric quando tudo isso acabasse, porque claro que em algum momento ia acabar. Só de pensar nisso, minha garganta ficou apertada.

—Aconteceu alguma coisa? — perguntei, em um fio de voz.

Eric contraiu a mandíbula e demorou para responder, seguindo imóvel sob meu olhar. Os segundos duraram anos e quase esqueci de onde estávamos e quem éramos.

— A Elisa acabou de me ligar — ele, enfim, falou. — Ela esbarrou com o Bruno no teatro e recebeu a notícia em primeira-mão do noivado do meu ex.

Bruno, o mesmo homem lindo que havíamos encontrado no aniversário de Duda. A personificação de tudo o que eu com certeza não era e nunca seria. Alguém que tinha conquistado o coração de Eric e vivido um relacionamento de verdade com ele. Que, pela preocupação de Elisa, parecia ter sido muito importante na vida de Eric. E que agora parecia estar mais uma vez mexendo com a cabeça do meu vizinho, porque seu corpo inteiro estava tenso. Reunindo toda força que ainda tinha, perguntei o que me veio em mente:

— Isso te incomodou?

— De certa forma, sim. — Eric abriu os olhos, me encarando mesmo a sala estando quase um breu. — Acho que só fiquei pensando em relacionamentos... No que vivi com o Bruno, no que quero pro futuro.

— É, eu entendo.

Seu olhar era tão intenso que eu quase sentia vontade de virar a cabeça, ao mesmo tempo em que era impossível não o encarar. Eu estava enfeitiçada. Encantada. Completamente perdida. E o aperto que senti no peito foi prova disso, porque não importava o quanto eu me sentisse atraída e envolvida por aquele olhar, pronta para mergulhar e me perder ali, Eric estava com o ex na cabeça naquele exato momento. Uma relação de verdade que não começou por causa de uma mentira besta.

Ouvi a comoção vinda lá de fora, a voz de Tito anunciando no microfone que meus pais fariam um discurso. Eric respirou fundo e se levantou do sofá, ajeitando a camisa.

— Melhor a gente voltar pra festa — disse ele, esticando a mão para mim.

Entrelacei meus dedos aos dele, procurando mais uma vez encontrar alívio em seu calor, mas algo estava diferente e seu toque não foi capaz de acalmar meu coração.

22

Os domingos sempre foram odiosos para mim. Ainda assim, não esperava que tudo desmoronasse justo naquele dia.

O primeiro sinal que eu deveria ter interpretado foi acordar sozinha. Já havia amanhecido fazia algum tempo, podia ouvir as vozes da minha família vindo lá de fora, então não me pareceu tão estranho que Eric já estivesse de pé.

Não enrolei muito para me juntar ao pessoal. Além dos meus pais, tia Roberta, Dani, Tito, Diego, Lunito e Carioca também tinham dormido ali, enquanto os outros convidados da festa do dia anterior partiram logo depois da comemoração. Para aquele seleto grupo de pessoas próximas e queridas, meus pais reservaram um belo almoço em família.

O carvão já esquentava na churrasqueira quando os encontrei perto da piscina, conversando e rindo. Eric, de fato, estava por ali, trocando ideia com Tito. Fiquei perto dele, mas não fui recebida com nada além de um sorriso discreto como bom-dia. Estranhei um pouco; Eric costumava ser bem mais acolhedor, mas tentei não focar muito nisso, aproveitando o dia agradável.

Nadamos, rimos e comemos até não poder mais. Foi uma típica reunião familiar, com direito a comentários chatos, fornecidos pela minha própria mãe, e uma briga besta entre os três ex-Semba, que passaram quase uma hora discutindo por bobeira. Tudo estaria perfeito se Eric não continuasse monossílabo e me evitando.

Ainda estávamos em volta da mesa do almoço, ouvindo papai e Carioca contarem a mesma história que eu já ouvira um milhão de vezes, quando decidi me virar para Eric e cochichar em seu ouvido:

— Tudo bem? Você tá mais quieto do que o normal.

Ele me encarou e repuxou os lábios em um sorriso que não chegou a iluminar seus olhos.

— Tá com saudade da minha voz? — brincou.

As provocações de Eric costumavam ser mais espirituosas, mas não daquela vez. Sua voz não tinha a animação de sempre, como se faltasse alma em suas palavras. Sustentei seu olhar, ignorando tudo ao meu redor e tentando buscar respostas em sua expressão. Eric não desviou a atenção, manteve o olhar fixo em mim.

O celular dele vibrou no bolso da calça. Interrompendo o contato visual, ele pegou o aparelho e verificou a tela. Acabei seguindo seu olhar no automático: não estava realmente interessada no que tinha ali, mas não pude deixar de notar o nome Bruno estampado na notificação de aviso de uma nova mensagem.

Percebendo que eu também olhava para o celular, Eric desligou a tela, meio sem jeito. Voltamos a nos encarar, dessa vez com um novo peso. Nenhum de nós dois sabia muito bem como reagir. Tomando coragem primeiro, Eric começou a dizer:

— Não é nada...

— Você não precisa se explicar — interrompi, me sentindo constrangida e boba.

Ao ver Lunito juntando a louça suja da mesa, aproveitei para fugir daquela conversa. Me levantei sem hesitar nem olhar para Eric. Peguei alguns dos potes com restos de comida que estavam na mesa e segui com Lunito para a cozinha, focando toda a minha concentração em não deixar o vinagrete escorregar dos meus dedos.

Eu não queria pensar naquela mensagem mais do que deveria, não queria que ela tivesse algum poder sobre mim; afinal, o que Eric fazia da vida e com quem falava não eram da minha conta. Eu não deveria estar sentindo aquele aperto no peito.

Lunito e eu terminamos de organizar os potes na geladeira. Depois, enquanto ele lavava alguns pratos que estavam na pia, me recostei no balcão logo atrás dele. Meus olhos acompanhavam os movimentos do meu padrinho, mas minha mente estava bem longe dali.

Talvez fosse minha falta de experiência com namoro e o fato de eu ter me envolvido romanticamente pouquíssimas vezes na vida, mas alguma coisa deveria ser a causa da minha burrice. Como pude ter acreditado que começar a trocar beijos com quem estava fingindo namorar seria uma boa ideia? Eu tinha começado a me sentir muito confortável ao lado de Eric, me esquecendo do que era ou não verdade e me deixando levar por algo que nem entendia direito. Ainda mais quando Eric estava recebendo mensagens do ex-namorado, com quem ele teve um relacionamento de verdade e...

— Terra chamando Pietra! — Lunito acenou na frente do meu rosto, me trazendo de volta à realidade.

— O quê?

Ele se encostou na pia, ficando de frente para mim, e cruzou os braços, me encarando com a testa franzida.

— O que foi, bonequinha?

Suspirei.

— Nada. Acho que é essa coisa toda de mentir pros meus pais que tá me deixando mal.

— Mas algo me diz que tem mais coisa acontecendo.

— Como assim?

Lunito me encarava como se conseguisse enxergar minha alma.

— O que tá rolando entre você e o Eric?

— Você sabe. Ele tá sendo legal com essa história de fingir ser meu namorado e...

— Tá, tá, eu sei, mas você mora comigo, Pita. — Ele inclinou a cabeça e manteve um olhar quase piedoso no rosto. — Você pode até se achar uma mentirosa incrível nesses últimos tempos, mas não é tão boa assim de atuação, bonequinha. Eu percebi sua ausência em casa nos últimos dias, as conversas nos corredores... E também vi vocês dois juntos ontem.

Fechei os olhos porque estava sentindo minha vista arder e não queria começar a chorar como uma boba de repente. Respirei fundo antes de voltar a encarar meu padrinho.

— Eu e o Eric... a gente tem *ficado* nesses últimos dias. — Lunito abriu um sorriso enorme. — Mas não se anima muito! O Eric é incrível e uma pessoa bacana, mas não é nada sério. — A imagem de Eric sem graça no bar ao ver Bruno me veio à mente. — Acho que temos problemas demais pra rolar qualquer coisa sincera entre nós dois. Eu estava confusa, sem saber o que fazer da vida, e ele apareceu como uma certa... segurança. É confortável estar com ele, mas é só isso. Não quer dizer que vai dar em nada. Eu e o Eric somos apenas uma mentira muito bem contada.

— Uau. Isso deixa tudo bem claro mesmo. — A voz de Eric nos pegou de surpresa, vinda da porta da cozinha, para onde Lunito e eu olhamos na mesma hora.

Eu nunca tinha visto Eric tão tenso como naquele momento. Sua expressão era indecifrável, e seu olhar estava cravado em mim com uma intensidade quase assustadora. Até senti os pelos da nuca se arrepiarem.

Meus olhos estavam ardendo ainda mais e me vi prestes a chorar. Ele estava ali na minha frente, me fazendo lembrar das coisas boas que tínhamos vivido naqueles últimos dias. Gostaria que tivesse sido real e que eu não precisasse encarar aquela verdade que insistia em se fazer presente, tirando o sossego do meu coração. E por causa de uma mensagem e da lembrança que ela trazia de tudo que eu não tinha sido capaz de oferecer.

— É a verdade, né? — me forcei a dizer, torcendo para que minha voz não entregasse o turbilhão dentro de mim.

Ele continuou me encarando por um longo tempo, com uma expressão séria que me causou um arrepio. Me esforcei para não desviar o olhar, mantendo o queixo erguido e a pose de forte. Eric soltou um riso baixo e forçado antes de falar:

— Pelo contrário, já que parece que tudo que a gente viveu estava bem longe de ser verdade.

Era como se meu coração estivesse rasgando.

Dei de ombros.

— A gente se divertiu.

— Fico contente — respondeu ele, irônico.

Quando inventei um namoro para minha mãe, não imaginei até onde a história chegaria, e com certeza não sabia que acabaria me sentindo tão horrível. Uma bobeira inocente, na qual me enrosquei sem pensar. Só que tudo precisa ter um fim, e eu não queria que o meu fosse ser a sombra de um relacionamento, a incerteza de um envolvimento que começou como, e talvez ainda fosse, apenas uma brincadeira.

— Acho que a gente foi longe demais, Eric — falei. — Esses últimos dias foram meio confusos, mas eu tenho certeza de que você quer ser mais do que um namorado de mentira pra alguém.

— Eu fui só isso?

Eu nem saberia dizer o que Eric havia sido, muito menos o que queria que ele fosse ou o que poderíamos ter sido se não tivéssemos começado daquele jeito.

— Acho que complicamos demais as coisas... — concluí.

Eric assentiu, não exatamente concordando com o que eu tinha dito, mas aceitando. Ele se mantinha firme como uma estátua na porta e seu olhar não me abandonou por um segundo sequer. Eu só queria desaparecer.

— Acho que é melhor eu ir embora. — Eric colocou as mãos no bolso da bermuda e encarou Lunito pela primeira vez. — Você leva ela de volta pra São Paulo?

Foi uma pergunta simples, mas que ao mesmo tempo foi capaz de me fazer desmoronar.

— Levo — Lunito respondeu. — Eu aluguei um carro, fica tranquilo.

— Ótimo. — A frieza na voz de Eric causou um calafrio na minha coluna.

— Eric...

Ele me cortou com uma encarada. Seu olhar era de expectativa, quase como se implorasse para que eu dissesse algo, que explicasse o óbvio. E eu não tinha mais o que dizer. Eric tinha sido ótimo por estar ao meu lado durante aquela confusão, mas não era justo mantê-lo naquele emaranhado de mentiras quando ele não só tinha o direito como também merecia, e muito, viver algo real, com alguém que fosse menos confusa e que não estivesse no meio de uma bagunça. Ao que parecia, era isso que ele queria. E era isso o que eu queria para ele também.

Percebendo que não receberia uma resposta, Eric suspirou e disse:

— Tchau, Pietra.

Sem mais, Eric se virou e foi para o nosso quarto. Não demorou muito para ele voltar de lá com sua mala em mãos; nossas coisas já estavam mesmo arrumadas para irmos embora depois do almoço. Ele saiu da casa, indo para os fundos, provavelmente para se despedir do resto da família. Eu não sabia como Eric justificaria sua partida sem mim, mas sabia que ele faria o possível para me proteger.

Lunito chegou perto de mim e me puxou para um abraço, e acabei enterrando o rosto em seu peito, deixando seu cheiro e seu calor me envolverem, na tentativa de acalentar a dor que crescia no meu peito. Qual era o meu problema?

Contra minha vontade, uma lágrima escorreu por meu rosto e meu coração afundou no peito. Quem diria que terminar uma relação que nem era real podia doer tanto assim?

Ouvi o carro de Eric ligando e indo embora, e precisei apertar os olhos com força para não acabar aos prantos nos braços do meu padrinho. Lunito deu um beijo na minha cabeça e continuou ali comigo.

Não demorou muito para meus pais entrarem exasperados na cozinha. Eles estavam confusos e deu para ver a preocupação na expressão dos dois ao verem meu estado.

— O que aconteceu? — perguntou papai.

Diante de mim estava o precipício, e eu estava cansada de evitá-lo.

Respirei fundo. Sequei a lágrima solitária. Me joguei de uma vez.

— Pai, mãe. Eu preciso contar uma coisa pra vocês.

23

Eu e meus pais ficamos sozinhos na sala. Lunito estava do lado de fora com minha tia, meus primos e Carioca, entretendo o grupo para que não estranhassem nossa ausência. Dava até para ouvir os risos deles, o que não trazia nenhuma leveza para o clima.

Os dois me encaravam, aturdidos mesmo sem saber o que eu diria.

— Não sei muito bem por onde começar... — falei, hesitante.

— Pelo começo, Pietra — aconselhou mamãe, em um tom severo. — O que tá acontecendo? Por que o Eric foi embora?

Respirei fundo, juntando qualquer vestígio de coragem que ainda me restava. Fechei os olhos por alguns segundos e torci para que a vontade de chorar fosse embora quando encarei meus pais.

— Porque eu não sou namorada dele, mãe. Eu inventei esse namoro.

Meu pai franziu a testa, confuso, e perguntou:

— Como assim, inventou um namoro?

— A mamãe tava falando muito sobre trabalho certo dia e... — *Uma coisa de cada vez*, pensei. — ... e eu não queria falar desse assunto, então acabei inventando que tava namorando. Depois o Lunito acabou entregando um nome qualquer pra esse namorado, que acabou sendo o do vizinho dele. E aí mamãe esbarrou no Eric… Bem, ele aceitou me ajudar a fingir e foi isso.

Meu pai estava de queixo caído, sem parecer acreditar. Minha mãe franzia a testa e me fuzilava com o olhar.

— Vocês dois tavam mentindo pra gente? — mamãe perguntou, mais ofendida do que triste.

Meneei a cabeça.

— Não, mãe, *eu* estava. O Eric só quis me ajudar. Não era pra vocês terem o conhecido nem pra durar tanto tempo. Foi só uma mentira boba que acabou saindo do meu controle. Achei que um namorado de mentira ia fazer a senhora parar de querer falar sobre o meu emprego.

— E qual é o grande crime de uma mãe perguntar sobre o trabalho da filha, meu Deus?! — ela quis saber.

Engoli em seco.

— O problema é que sua filha foi demitida — confessei. — E já tem um tempo.

— O que você tem feito esse tempo todo? — questionou mamãe. — Como tem se sustentado?

— O Lunito tem ajudado bastante, mas… recentemente eu comecei a dar aulas de violão no Espaço Deolinda e tenho gostado. Tô pensando em seguir esse caminho, dando mais aulas de violão e piano…

As vozes dos meus pais se misturaram, mamãe com os olhos arregalados e falando de maneira severa, enquanto papai ainda parecia não entender direito o que eu havia dito. Eu nem conseguia entender o que eles falavam, um atropelando o outro, então elevei o tom da minha voz ao continuar:

— Eu nunca quis fazer jornalismo. Só escolhi um curso qualquer pra ir pra faculdade porque sabia como era importante pra vocês. Eu odiei cada segundo da minha graduação, e só não tranquei porque não queria ser um fracasso e decepcionar vocês dois. Trabalhar na revista era horrível e eu nunca fui tão infeliz. A verdade é que eu não me sentia eu mesma havia muito tempo, e só quando comecei a dar as aulas no Deolinda e aceitei que eu amo isso, que eu amo música, é que recuperei uma parte de mim que nem lembrava mais que estava aqui. E eu não sabia como contar isso pra vocês.

Minha garganta ardia quando terminei de falar. Cada palavra saiu me rasgando por dentro, pulando para fora abruptamente, e agora tudo o que eu queria era poder me sentar e chorar.

Os dois tinham parado de falar em algum momento no meio da minha confissão e agora olhavam vidrados para mim. Achei que uma eternidade inteira de silêncio fosse nos consumir e já estava começando a elaborar um plano de fuga, porque não duraria mais um segundo sob os olhares de decepção.

Mamãe se levantou, evitando olhar na minha direção. Suas narinas estavam infladas e uma ruga de raiva tinha se instalado bem entre suas sobrancelhas. Esperei por uma bronca na mesma hora que reconheci esses sinais, mas ela apenas se virou e saiu da sala, indo em direção ao seu quarto, onde entrou batendo a porta.

Eu estava aliviada por ter finalmente contado tudo; não aguentava mais ter aquele peso dentro de mim. Ao mesmo tempo, a culpa de ter magoado meus pais recaiu forte sobre mim. O tempo em que não fui sincera não aliviou em nada o quanto doía a decepção deles. E o sentimento de mamãe era tão intenso que ela não conseguiu mais ficar na minha presença. Papai, ainda imóvel no sofá, não parecia muito melhor.

Respirei fundo e me sentei ao lado dele.

— Desculpa por não ter te contado.

— Eu achei que você e eu tivéssemos uma boa relação — foram as primeiras palavras que ele disse. — Não esperava que você pudesse mentir pra mim desse jeito.

Fechei os olhos por alguns segundos.

— Eu sei... Eu só... Eu não queria que você ficasse triste.

— Triste? — Papai parecia confuso ao perguntar isso.

— Por eu ter escolhido a música. Eu sei o quanto você sofreu quando o Semba acabou. Sei que nunca quis que eu me envolvesse com nada musical. Não queria que você se decepcionasse comigo por escolher esse caminho.

As lágrimas estavam lutando contra mim de novo. Eu não queria chorar, não quando papai tinha todo o direito de estar bravo comigo.

Ele suspirou. Quase me assustei quando senti sua mão sobre meu ombro e o ouvi começar a falar:

— Filha, eu sinto muito se alguma vez coloquei esse peso em você. As minhas decepções com a minha carreira são *minhas*. É claro que eu me preocupo com você, sei como esse mundo pode quebrar o seu coração, mas eu *nunca* te impediria de seguir o que ama. — Tomei coragem e olhei para ele nesse instante, vendo um pequeno sorriso se abrir em seu rosto. — Pita, vi você cantando pela casa desde pequena. Se tem alguém que conhece o seu talento, sou eu.

Bastaram aquelas palavras para todas as minhas memórias de infância virem me visitar. Me lembrei da primeira vez que cantei em um evento no colégio. De todas as vezes que nós dois cantamos juntos. Quando compus uma música (ruim) e papai me ajudou a encontrar o arranjo perfeito para ela. Foi papai quem me fez amar a música, mesmo tendo largado isso depois.

Talvez eu pudesse ter evitado sofrimentos e anos me reprimindo se tivéssemos conversado mais cedo. Qualquer coisa era melhor do que ter passado tantos meses escondendo algo tão importante de alguém que tanto amo, ainda mais quando a música era algo tão especial para nós dois, ele reconhecendo isso ou não.

— Desculpa mesmo, pai…

Ele sorriu, meneando a cabeça e me puxando para um abraço apertado.

— Tá tudo bem. Só não me deixa fora da sua vida assim, tá? Eu quero saber dos seus trabalhos, das aulas que você vem dando — disse papai, dando um beijo na minha testa. — E desculpa se eu e sua mãe te forçamos a algo assim sem querer. Você não precisava ter feito uma faculdade que não queria, Pita. Claro, acho importante ter um diploma. Eu nunca consegui fazer faculdade, mas pelo menos fiz meus cursos e me virei depois do fim do Semba. É importante ter uma formação, filha. Ainda mais pra gente. Só que você não precisava fazer um curso que não queria, meu amor.

Eu adoraria ter ouvido aquelas palavras quando era mais nova, quando achava que precisava decidir minha vida pelo olhar do meu pai. Isso teria mudado muita coisa. Porém, mesmo com anos de atraso, eu ainda me senti grata por seu apoio. Respirei mais aliviada depois de ouvir aquilo.

Permanecemos um bom tempo em silêncio, abraçados e deixando a companhia um do outro curar parte das feridas que eu havia causado.

— Lembra que você dizia que queria fazer faculdade de música? — disse papai.

— É, e a mamãe falou que era bobagem.

Vi pelo canto do meu olho a careta que papai fez.

— Eu e sua mãe não podemos controlar sua vida. Já pensou que uma educação formal em música pode te garantir mais trabalhos como professora?

Virei o rosto para o meu pai e trocamos sorrisos.

— Vou pensar — respondi. — Prometo.

Isso me garantiu mais um beijo na testa e outro abraço apertado.

— Eu vou querer saber tudo sobre essas suas aulas no Deolinda, tá? Mas agora você precisa ir falar com a sua mãe...

Abri a porta lentamente, o rangido tornando impossível não ser notada. Entrei no quarto e logo vi minha mãe de costas para mim, arrumando as roupas nas malas em movimentos frenéticos.

Caminhei alguns passos, hesitante, e esperei que ela demonstrasse estar ciente da minha presença. Mamãe continuou mexendo nas malas, dobrando camisa atrás de camisa sem parar.

Ela sabia que eu estava ali, mas não parecia interessada nisso. E eu não quis me impor. Continuei parada, em silêncio, observando suas roupas serem empilhadas perfeitamente dentro da mala.

— Eu sou tão horrível assim?

A pergunta me congelou da cabeça aos pés. Sua voz estava triste, até meio chorosa. Nunca tinha a ouvido soar tão aborrecida antes. Decepcionada e brava, sim, mas triste? Aquela era a primeira vez.

— O quê? — perguntei, num fio de voz.

— Você prefere mentir pra mim por meses e esconder o que anda fazendo de verdade. — Mamãe, enfim, se virou. Não dava para ler sua expressão, mas o brilho no olhar dela quebrou meu coração em mil pedaços. — Você deve me achar horrível.

Precisei respirar fundo, porque não tinha certeza se o ar estava entrando no meu pulmão. Ver minha mãe prestes a chorar estava me deixando angustiada.

— Mãe, eu não te acho horrível, mas não é novidade nenhuma que nós duas somos muito diferentes uma da outra. Eu só não conseguia suportar a ideia de te contar.

Ela riu sem vontade nenhuma e cruzou os braços enquanto me encarava.

— Você é adulta, Pietra! Precisa assumir suas responsabilidades!

— Eu sei, mãe, agi como uma criança. E como ia ter coragem de falar com a senhora sabendo que essa conversa ia fazer eu me sentir um fracasso?

— Um fracasso por eu querer que você tenha uma carreira estável?

Perdi um pouco o controle e dei alguns passos para a frente, me aproximando dela para falar com mais fervor, mas sem elevar a voz:

— Isso! O que a *senhora* quer! Você não tem o direito de fazer isso, mãe! Decidir o que eu tenho que fazer e qual carreira tenho que seguir! Essa escolha é minha e eu não quero me sentir culpada pra sempre por isso.

— Como que você tem o controle da sua vida se tá vivendo em volta de mentiras, minha filha?!

Eu sabia que ela não estava errada, mas odiei me sentir como uma criança de cinco anos ao ver o jeito como ela me olhava. Era aquele olhar que eu quisera evitar e mesmo assim lá estava ele, pronto para trazer o sentimento de que eu não era capaz e nunca alcançaria o potencial que ela esperava de mim. Respirei fundo e tentei controlar as lágrimas.

— Só porque eu não suporto a ideia de ouvir mais uma vez tudo o que a senhora diz sobre como eu sou toda errada. Sobre como tô jogando uma carreira fora, desperdiçando meu diploma, sem conseguir um namorado...

— Namorado! Ainda tem isso! — Ela meneou a cabeça e colocou as mãos na cintura. — Eu não acredito que, além de mentir, você enfiou o seu vizinho nessa história toda!

— Eu não enfiei ninguém em história nenhuma. O Eric aceitou me ajudar.

Mais uma risada incrédula que arranhou meus ouvidos.

— Ah, ótimo, então esse rapaz estava se divertindo junto com você enquanto riam da minha cara por acreditar nesse relacionamento de mentirinha.

Ela estava muito magoada, e eu me senti ainda mais horrível.

— Mãe, ninguém tava rindo. Não era assim. O Eric gosta mesmo da senhora, se serve de consolo.

Mamãe sussurrou algo, ainda meio brava, e nem me dei ao trabalho de tentar entender. Depois, meneando a cabeça mais uma vez, ela disse alto:

— Não vou descontar minha raiva nele, porque, além de ser um rapaz muito bom, não é ele que é meu filho e que inventou uma história toda só pra me enganar.

— Eu não queria enganar a senhora...

— E o que você queria com todo esse circo, Pietra?

— Respirar! — levantei a voz um pouco mais e ela pareceu assustada com o meu tom. Inspirei. Afastei as lágrimas. Continuei: — Eu nunca vou ser como você, mãe. Não quero prestar concurso e ser funcionária pública, nem sei ainda se tô tomando as decisões certas. — Ela abriu a boca para me interromper, mas não deixei. — Eu ouvi a vida inteira a senhora me dizendo que eu tinha que fazer mais disso ou mais daquilo, mas a maioria das vezes eram só jeitos de me deixar mais parecida com você. Acho que a senhora odiava o quanto sempre gostei de música porque mostrava mais ainda o quanto nós não somos iguais. Eu não tenho os mesmos sonhos que a senhora queria que eu tivesse. Nós duas vivemos o mundo de formas muito diferentes, mãe, seja por nossos gostos e personalidades, ou pelo fato de eu ter várias vivências que a senhora nunca teve nem vai ter. — Dei mais alguns passos para perto dela. — Antes de me meter nessas mentiras, eu devia ter sentado com a senhora e conversado. Deixado claro tudo que me incomoda. Não tem como a senhora adivinhar, não é a sua vida. E eu devia ter me aberto mais pra conversar.

Mamãe fechou os olhos e suspirou. Ela ficou um longo tempo em silêncio e eu morri de medo de que voltássemos a brigar. Eu só queria chorar. Mas, para minha surpresa, o que ela disse a seguir me deixou sem palavras:

— Eu deveria ter sido melhor nisso também. — Voltando a abrir os olhos, mamãe me encarou com tristeza e arrependimento. — Não quero que você seja como eu nem que se sinta obrigada a fazer concurso ou qualquer coisa assim, Pietra. — Ela suspirou profundamente e, depois de uma pausa longa, um sorriso pequeno e triste se abriu em seus lábios. — Quando você tinha cinco anos, seu pai saiu em turnê com o Semba, e eles entraram numa van pra tocar em várias cidades no interior de São Paulo. Você lembra disso? — A memória não era tão vívida, mas eu me lembrava de algo. — Você passou a semana toda pedindo pra ir junto, porque queria cantar também, e claro que a gente não deixou. No dia que eles estavam indo embora, você entrou escondida na van e passou horas quietinha atrás do banco. — Seu sorriso se abriu mais enquanto ela balançava a cabeça. — Só quando chegou na primeira parada que seu pai percebeu que você estava lá. Eu fui te buscar. Você estava tão brava! Não queria ir embora e disse que eu estava destruindo seus sonhos. Eu fiquei aliviada por te ver bem, e muito, muito brava também. Eu só conseguia pensar na sua segurança. E isso nunca mudou.

Não tinha mais como evitar as lágrimas: elas escorriam por minhas bochechas sem parar. Sequei o rosto com as costas da mão e inspirei, respirei, inspirei.

— Eu não tenho mais cinco anos, mãe — comecei, tirando força não sei bem de onde. — Mesmo tendo agido como se tivesse. Eu sei que a senhora não cobra coisas de mim por mal, mas... é cansativo. E eu me sinto exausta.

Ela soltou mais um longo suspiro que deixou meu coração pequenininho.

— Eu só quero que você não tenha que passar pelas dificuldades que eu e seu pai passamos quando éramos mais jovens. Nunca quis que você seguisse meus passos, na verdade, muito pelo contrário. Sempre quis que você conquistasse *bem mais* do que eu. Que voasse mais alto! Só quero o melhor pra você, filha.

— Sei disso, mãe. Só que em algum momento a senhora vai ter que aceitar que talvez *eu* seja a melhor pessoa para decidir o que é melhor pra mim.

Ela assentiu, desviando o olhar para o chão e passando a mão no rosto. Não cheguei a ver lágrimas, mas não tinha dúvidas de que ela estava no mesmo estado emocional que eu. Era impossível ignorar os sentimentos quando tínhamos passado tanto tempo fingindo que eles não existiam.

Ainda encarando o piso, ela falou:

— Nunca foi minha intenção colocar toda essa pressão em cima de você.

Me aproximei mais, parando bem na frente dela e abrindo um pequeno sorriso enquanto segurava uma de suas mãos entre as minhas.

— Eu sei, mãe.

Ela levantou o rosto e seus olhos marejados se fixaram em mim.

— Só... não mente mais assim pra mim de novo, por favor.

Balancei a cabeça de um jeito meio frenético. Não queria deixar dúvidas.

— Não vou. Juro.

Mamãe suspirou antes de me puxar para um abraço apertado. Ela não era muito de abraços no geral, nisso éramos iguais. Eram raras as vezes em que mamãe me envolvia daquele jeito, e talvez fosse por esse motivo que seus abraços eram tão especiais. Senti como se o mundo inteiro estivesse calmo.

— Eu te amo, filha — murmurou ela, se afastando e mantendo nossas mãos unidas. — Sei que tenho meus defeitos e prometo que vou tentar melhorar, mas nunca esquece que eu te amo. *Muito*.

Abri um sorriso enorme e levantei a mão direita dela para beijar seus dedos.

— Digo o mesmo, dona Carmen.

Respirei em paz, sentindo um peso enorme sair das minhas costas.

24

Uma semana havia se passado desde as bodas em Peruíbe e, se por um lado aqueles tinham sido os melhores dias que tive em muito tempo, sem me sentir culpada e não precisando inventar mais nada, por outro, algo ainda me incomodava.

Não tinha contado a verdade para minhas amigas, mas isso era o menor dos problemas e a solução já estava em curso. Convidei as três para irem até a casa de Lunito no sábado de tarde. Já estava pronta para ser completamente honesta.

No entanto, ainda não estava pronta para lidar com meus sentimentos por Eric, ou sequer encontrá-lo e ser obrigada a enfrentar a realidade. Por esse motivo, me afundei no Espaço Deolinda Madre, ocupando minha mente o máximo de tempo possível para não ter espaço para pensar. Todos os dias eu ia para a ONG com Lunito e arranjava qualquer coisa para fazer quando não tinha aula para dar.

Estava justamente deixando a turma de violão para ver se precisavam da minha ajuda no jardim comunitário quando Lunito me chamou na administração. Chegando lá, ele se recostou na mesa e me encarou com seriedade.

— Eu tenho uma proposta pra te fazer — disse ele.

— Tá bom... — falei, parando à sua frente e ainda meio confusa.

Lunito riu da minha expressão.

— Não é nada absurdo, prometo. Na verdade, acho até que você vai gostar. — Ele cruzou os braços. — O Leo não vai mais dar as aulas de violão.

— Por quê?

— A esposa dele recebeu uma proposta de emprego no Rio de Janeiro e eles vão se mudar pra lá.

A ideia de ver aquele pequeno grupo de adolescentes, ao qual já havia me apegado, sem poder continuar o ensino musical me deixou devastada e um pouco revoltada.

— Mas as crianças não podem ficar sem as aulas! — protestei.

Lunito assentiu.

— Eu concordo. E é por isso que tô te oferecendo oficialmente a vaga do Leo. — Seu tom de voz era firme e sério, mas não consegui parar de piscar, tentando entender se não era mesmo uma piada. — Você vai receber um salário, claro. Não é nada *uau*, mas é decente. Também pensei em aproveitar meu piano encalhado ali no pátio e quem sabe oferecer aulas de piano, caso você tope... O que acha?

Lunito estava mesmo falando sério. Ele achava que eu seria capaz de continuar dando as aulas e ainda queria investir em muito mais. Por mais que aquilo fosse um pouquinho assustador, senti meu coração bater mais forte. Tanto pelo nervosismo quanto pelo fato de saber que me sentiria muito bem fazendo aquilo.

— Acho que é uma ótima ideia — respondi, sorrindo.

Lunito ergueu as sobrancelhas, espantado.

— Sério? Fácil assim?

Eu ri.

— Dar aulas tem sido uma das poucas coisas que acertei nos últimos tempos, padrinho. Não só pela grana. Acho que é isso que quero fazer. Parece o certo. Esses dias até pensei em talvez tentar dar umas aulas particulares, não sei. Todo um mundo novo se abriu na minha frente.

Os olhos de Lunito brilhavam como os de uma criança. Ele abriu bem os braços e chegou perto para me envolver em um forte abraço de urso.

— Fico feliz demais por você, bonequinha.

Sorri, sentindo a sinceridade de suas palavras encontrarem companhia no meu coração.

— É, eu também.

Alguém precisava me impedir de tentar fazer bolos, porque, de novo, em vez de algo comestível, acabei com um bolo solado, borrachudo e de gosto horrível. Eu, a maior expectadora de *Jeitinho Doce*, só servia para desperdiçar ingredientes. A maior decepção de Bianca Curi.

Quando Duda, Yumi e Carla chegaram, eu ainda não tinha desistido de tentar agradar as três com um doce, deixando um cafezinho e biscoitos sobre a mesa da sala. Lunito ainda estava no Deolinda, então teríamos privacidade. Em meio ao lanche da tarde improvisado e a troca de fofocas amenas, eu começava a tomar coragem para abordar o assunto principal.

— Pietra, você disse que tinha algo sério pra dizer. — Yumi foi a primeira a não se aguentar. — Fala logo, já tô ficando preocupada.

Respirei fundo. Não podia adiar mais.

Contei tudo para as três. Comecei quando perdi o emprego e, embora Carla e Yumi tivessem sido pegas de surpresa, Duda abaixou a cabeça, não querendo transparecer que já sabia. Achei melhor dessa maneira. Revelar que uma das três sabia de parte das mentiras podia gerar um drama desnecessário.

Quando comecei a falar sobre o namoro falso e a entrada de Eric na confusão, Duda lançou o mesmo olhar descrente das outras; assim, o equilíbrio foi reestabelecido, junto, claro, com minha vergonha. Cada palavra que saía da minha boca me dava vontade de me esconder. Tudo soava mais infantil e bobo quando era dito em voz alta. Talvez eu devesse ter feito o exercício de repassar meus planos em voz alta antes de seguir em frente...

Quando terminei todo o relato, encarei as figuras perplexas e sem reação à minha frente. Eu estava ficando nervosa, esperando pacientemente que alguma delas dissesse algo, mas respeitei o tempo que precisavam para processar as informações.

— Pietra, eu sou igual a sua mãe? — perguntou Yumi, com uma expressão confusa e não brava como eu esperava.

— O quê? — falei. — Claro que não!

— Parece que você tava escondendo isso de mim pelos mesmos motivos que escondeu dela. E tudo bem, às vezes eu sou, sim, um tiquinho crítica... — Carla pigarreou e fez uma careta. Yumi revirou os olhos. — Tá bem, muito crítica. Mas você é minha amiga há tempo demais, Pita! E quero que continue sendo por muito mais, então não quero que você sinta que não pode me contar algo. — Ela colocou a mão no meu joelho e continuou me encarando, séria. — Vou tentar julgar menos. Pode me dar um tapa se eu reagir de um jeito babaca.

— Ah, posso fazer essa parte? — perguntou Carla.

Duda meneou a cabeça e disse:

— Meu Deus, controla seus fetiches.

Rimos do comentário. O momento ficou mais leve, me lembrando de como era bom estar com minhas amigas daquele jeito.

— Não vai mais acontecer — prometi. — Eu sei que posso contar com o apoio de vocês.

Duda segurou uma das minhas mãos, dando um apertão carinhoso; Yumi assentiu, e Carla abriu um sorriso acolhedor. Eu tinha sorte de ter três anjos na minha vida, que estavam do meu lado numa situação como aquela.

— Dito tudo isso — falou Carla —, que ideia de jerico essa de namoro falso, hein.

Suspirei, jogando a cabeça para trás.

— Não foi meu plano mais brilhante, mas já tô arrependida. Até porque minha mãe vai ficar duas décadas jogando isso na minha cara.

— Talvez até três — corrigiu Yumi. — E você meio que merece um pouco.

Carla, sem perder tempo, virou para a namorada e deu um tapa em seu braço. Soltei um riso sincero enquanto Yumi esfregava o lugar atingido e olhava feio para Carla.

Sorri encarando a briguinha boba das minhas amigas, mas uma estranha tristeza se espalhou por meu peito. Uma sensação de vazio tão intensa que mal saberia como dimensionar. Tudo estava finalmente voltando a se alinhar; não tinha mais o peso enorme da mentira nas minhas costas, e ainda assim algo não se encaixava. Era como se no quebra-cabeça da minha vida uma peça essencial do centro tivesse desaparecido embaixo do sofá. Ou do outro lado do corredor...

— Tem mais alguma coisa te incomodando? — perguntou Duda, que percebi que estava me encarando esse tempo todo.

Honrando a promessa de não esconder mais nada delas, respirei fundo e decidi abrir o coração.

— Hoje o Lunito me chamou pra ser a professora de música oficial do Deolinda — revelei, escolhendo a forma mais sutil de começar o assunto.

— Isso é ótimo! — exclamou Carla. — Qual o problema?

Fiz uma careta, um pouco envergonhada do que estava prestes a dizer.

— Eu meio que quis contar pro Eric assim que fiquei sabendo.

— Isso é ruim? — As palavras de Duda saíram cuidadosas.

Como eu poderia responder aquilo? Não era ruim eu querer compartilhar algo da minha vida com Eric, mas era ruim não poder. Era ruim saber que talvez ele nunca fosse querer falar comigo de novo. Era ruim que talvez eu não fosse boa o suficiente para estar com ele. Era ruim o quanto meu coração doía.

— Eu nunca devia ter envolvido ele nessa bobagem toda! — falei, frustrada. — E não devia ter deixado meus sentimentos por ele entrarem no meio de tudo.

— Então você *tem* sentimentos por ele? — perguntou Yumi, com tom de quem já sabia a resposta. — Você gosta dele?

Eu vinha fugindo desesperadamente daquela pergunta. Não era segredo que eu gostava de Eric. Ele era uma pessoa incrível e agradável, alguém com quem eu apreciava passar o tempo e que me trazia tranquilidade. Mas não era disso que Yumi estava falando. Ela queria saber se eu gostava *gostava* do Eric. E como eu poderia ter coragem de responder algo assim quando nem fazia ideia se sabia *como* gostar de alguém?

— Isso é besteira, a gente só tava fingindo! — falei, passando as mãos no rosto e tentando apagar qualquer vestígio de tristeza que estivesse ali.

Cometi o erro de olhar para minhas amigas em seguida. Todas elas estavam sérias e não pareciam acreditar em uma palavra sequer do que eu acabara de dizer.

— Você não respondeu a minha pergunta — insistiu Yumi.

Meu estômago ficou inquieto, e eu queria poder enfiar a mão dentro da cabeça e fazer meus pensamentos pararem de girar descontroladamente.

— Eu não sei... — murmurei.

— Tá tudo bem se você gostar — disse Duda, apertando mais uma vez a minha mão.

— Até porque tá na cara que ele também gosta de você — disse Carla. — É só ver o jeito como ele te olha, Pita. Até mesmo o fato de ele ter aceitado entrar nessa sua mentira. Ele viajou com você pra outra cidade!

— Pietra — disse Duda com seu jeito doce —, você sabe que merece amar e ser amada, né? — Olhei para o chão, meio desconfortável com o assunto. — Porque você merece! E não pode deixar de viver algo novo por medo de se machucar. Você merece que alguém goste de você e queira estar contigo, assim como merece se sentir feliz do lado de alguém que se importa e se permitir sentir o mesmo por essa pessoa.

— Sabemos que sentimentos assustam um pouco, mas vale a pena — disse Yumi, olhando para Carla logo em seguida e trocando sorrisos.

Eu era testemunha de como o amor poderia dar certo, tanto com o casamento dos meus pais, quanto com o relacionamento das minhas melhores amigas. Até Diego e Tito, mesmo de longe, me davam constantes provas disso. Não sei quando comecei a desacreditar tanto na minha capacidade de viver um relacionamento, mas Duda parecia entender melhor do que eu. Entre diversas preterências, posso ter acabado aceitando como verdade que eu jamais saberia amar ou ser amada. Mas, no final do dia, quem é que sabia?

Duda abaixou a cabeça para buscar meu olhar e sorriu ao repetir:

— *Você merece.*

Engoli o choro, porque ele estava ameaçando aparecer, e eu não sabia se as lágrimas parariam de cair se eu as deixasse rolar. Olhei para cada uma das minhas amigas com um sorriso de agradecimento no rosto, esperando que elas entendessem o quanto eram importantes para mim. Talvez eu soubesse, sim, como amar.

25

Atravessei o corredor do nosso andar e fui até a porta de Eric. Bati três vezes. Firme e impaciente. Meu coração estava inquieto dentro do peito, palpitando sem parar.

Não via a hora de poder conversar sobre tudo o que havia acontecido entre nós, sobre como me sentia em relação a ele. Precisava, no mínimo, olhar para Eric mais uma vez, sentir seu cheiro, admirar seu sorriso...

Os últimos meses tinham sido mais alegres porque ele esteve comigo. Eu não podia me dar ao luxo de perdê-lo.

Prendi a respiração quando o barulho da maçaneta se sobressaiu e me preparei para encontrá-lo, mas não foi Eric que vi do outro lado. Contorci o rosto em confusão ao encontrar o desconhecido me encarando.

— Oi! Você é a namorada do coach, né? — disse o rapaz alto à minha frente. Sua voz estava meio esganiçada e sua expressão, meio assustada. Mesmo com a pele negra como a minha, ele parecia pálido. — Que ótimo, porque eu tô meio desesperado e preciso de ajuda. É o Bombom.

Ignorei meu plano anterior e não hesitei em passar por ele para entrar no apartamento de Eric. Logo vi o cachorro parado no meio da sala, parecendo meio triste e me encarando sem o ânimo de sempre, bem ao lado de uma poça de vômito.

— O que aconteceu? — perguntei, me abaixando ao lado de Bombom para acariciar sua cabeça.

— Não sei! — respondeu o jovem. — Cheguei mais cedo pra tomar conta dele pro Eric e um tempinho depois ele começou a passar mal do nada. — Ele passou a mão pela cabeça raspada. — Meu Deus, o coach vai me matar!

— Você é o Nio, né? — perguntei. — O jogador amigo do Eric?

Ele assentiu, mas ainda continuava bem nervoso.

— Não quero ser culpado pela morte do Bombom — murmurou ele.

— Fica tranquilo, Nio. Ele vai ficar bem.

Peguei o celular para tentar ligar para Eric, mas caiu direto na caixa postal. Precisava levar Bombom ao veterinário com urgência. Pesquisei na internet algum que estivesse aberto naquele sábado à noite, e por sorte havia uma clínica não muito longe.

Dispensei Nio, que estava tão desesperado que mais atrapalharia do que ajudaria naquela situação, e chamei um carro de aplicativo para ir com Bombom até o veterinário. O lugar estava quase vazio e não foi preciso esperar muito para sermos atendidos.

Para meu alívio, depois de examinar Bombom, o veterinário disse que ele ficaria bem. Não parecia ser nada grave, apenas uma indigestão. Fui embora prometendo que não deixaria o cachorro sem água, porque ele precisava repor o líquido perdido.

Quando voltamos para casa, eu estava exausta. Depois do desespero, eu só queria descansar. Bombom logo se aconchegou no cantinho do sofá que tanto adorava, e deixei um pote com água bem ao seu lado no chão. Depois escrevi *"o Bombom tá no meu apartamento"* num post-it e grudei na porta de Eric. Não coloquei meu nome, mas imaginei que ele adivinharia.

Acordei assustada com as batidas na minha porta. Olhei para a televisão e vi o filme antigo que passava, sem saber qual era porque tinha pegado no sono. Bombom também parecia assustado e olhava para a porta com as orelhinhas em pé, mas não saiu do seu cantinho, mostrando que ainda não estava cem por cento. Em outras ocasiões, ele já teria começado a latir.

Mais batidas e uma voz que eu conhecia muito bem chamando o meu nome. Meu coração já estava palpitando pelo susto e ficou ainda mais inquieto quando me dei conta de que Eric estava ali.

Eu me levantei do sofá, conferindo rapidamente as horas no celular. Quase uma da manhã. Dormi por tempo demais. Respirei fundo antes de abrir a porta e encontrá-lo.

Eric usando camisa social azul. Eric com jeans escuro e sapatos sociais. Eric com o cabelo bagunçado. Eric me encarando através dos óculos de armação transparente com um olhar intenso que me causou um calafrio na mesma hora. Eric e seu perfume amadeirado.

Eric, Eric, Eric.

Eu não estava preparada.

Nada ciente dos milhares de sentimentos que decidiram causar uma estrondosa revolução dentro de mim, ele perguntou:

— Você sequestrou o meu cachorro?

— O quê?

Eric balançou o bilhetinho no post-it na frente do meu rosto.

— Achei que costumavam deixar uma oferta de resgate junto.

Uma sensação gostosa de conforto tomou conta de mim. Fazia tanto tempo que não nos falávamos que foi um alívio ver Eric finalmente brincando comigo como fazia antes. Me deu um pouquinho de esperança de que talvez nem tudo estivesse perdido.

— Eu não sequestrei o Bombom — afirmei, tentando soar menos emocionada do que me sentia.

Eric ergueu uma das sobrancelhas.

— Você tá com o meu cachorro na sua casa sem a minha autorização. Acho que isso se qualifica como sequestro.

Revirei os olhos.

— Foi por uma boa causa. — Dei um passo para trás, abrindo passagem. — O Bombom passou mal.

Reagindo exatamente como eu esperava, Eric ficou sério e se apressou em entrar no meu apartamento. Ele foi direto para a ponta do sofá onde o cachorro estava. Fechei a porta atrás de mim e o observei se ajoelhar na frente do Bombom. Ele estava mesmo bem melhor do que antes, até abanava o rabo!

Cheguei perto deles e fiquei de pé ao lado de Eric, cruzando os braços e observando os dois trocarem carinhos. A expressão preocupada que tinha visto em seu rosto um minuto antes já estava mais suave.

Ele virou o rosto para mim, ainda abraçando Bombom, e perguntou:

— O que aconteceu?

— Não foi nada sério, fica tranquilo. Ele vomitou de tarde e tava desanimado. Levei no veterinário e ele disse que o Bombom tá bem, foi só indigestão. — Eric suspirou e seus ombros caíram, parecendo menos tenso. — Tentei te avisar, mas a ligação não completava e as mensagens não estavam sendo entregues.

— Minha bateria acabou.

— Imaginei. Falei pro Nio deixar ele aqui comigo até você chegar, ele tava desesperado demais pra lidar com a situação.

Eric deu um beijo na cabeça peluda do cachorro.

— Eu não planejava voltar tão tarde.

Achei que ele ia pegar Bombom no colo e sair dali. Fiquei ansiosa só de pensar nisso. Não queria que ele fosse embora antes de conversamos, afinal, era isso o que eu esperava quando bati em sua porta mais cedo. Mas, para minha surpresa e alegria, Eric continuou onde estava.

Sem saber como começar, escolhi procrastinar, deixando minha curiosidade correr solta:

— Onde você tava assim todo arrumado?

— Casamento de um colega.

— Foi divertido?

Ele se colocou de pé novamente e se virou para mim. Apenas a claridade que entrava pela janela e a luz azulada que saía da televisão iluminavam a sala. Não era a melhor iluminação do mundo, mas pude enxergar muito bem a careta que Eric fez antes de me responder:

— Tão divertido que acabei com a bateria do meu celular jogando *Candy Crush*.

Balancei a cabeça, rindo e conseguindo visualizar perfeitamente: Eric sentado numa mesa sozinho, encarando a tela do celular com muita atenção e se esquecendo de que estava cercado por outras pessoas.

Eric apontou para Bombom e disse em um tom carinhoso:

— Ele tá tão quietinho...

— É cansaço, mas amanhã ele já tá melhor. Se quiser deixar ele dormindo aqui e que eu cuide dele amanhã, tudo bem.

O riso preguiçoso e sem vontade que escapou dos lábios de Eric me fez contorcer o rosto de curiosidade. O que era tão engraçado? Parecendo ouvir a pergunta que rondava meu pensamento, ele meneou a cabeça e esclareceu:

— Até parece que a gente se separou e você quer guarda compartilhada do Bombom.

Ah, isso. Meu estômago se retorceu só de ouvir a palavra "separou". Era estranho pensar na minha relação com Eric nesses parâmetros, ainda mais quando nosso namoro nem tinha começado de verdade.

— Eu não quis...

— Relaxa — me interrompeu Eric. — Obrigado por cuidar dele.

— Não precisa agradecer. Eu adoro o Bombom.

— Ele também te adora.

E lá estava mais uma vez, o olhar intenso de Eric preso no meu rosto como se fosse capaz de descobrir o que se passava na minha mente, quando seu verdadeiro poder era obviamente fazer meu corpo inteiro entrar em combustão sem nem precisar me tocar. Como pude ser tão burra a ponto de não perceber o que estava bem à minha frente o tempo todo? Entender que eu estava apaixonada por Eric foi mais complicado do que realmente estar apaixonada por ele. O sentimento sempre esteve ali, todas as vezes que eu o quis mais perto, ou quando a mão dele segurava a minha, ou quando seu abraço parecia o lugar mais acolhedor do mundo.

Eu tinha mentido para várias pessoas que amava nos últimos meses, mas mentir para mim mesma fora, talvez, a parte mais ridícula de toda aquela situação. Porque como eu poderia não amar Eric quando ele fazia todo o meu dia se tornar melhor? Quando tudo o que eu queria era fazê-lo sorrir daquele jeito irritante?

Eu estava cansada de ser covarde.

— Acho que a gente errou feio... — As palavras escaparam dos meus lábios quase como se tivessem vida própria.

Meu comentário não lhe causou surpresa, mas pareceu despertar certo cansaço. Eric suspirou e levantou um pouco os óculos ao esfregar os olhos por baixo deles.

— É, a gente não devia ter mentido pros seus pais, pra minha irmã, pra ninguém.

— Sim, a gente não devia, mas não é desse erro que tô falando. A gente não devia ter parado de se falar.

Ele parou na mesma hora e me encarou, tirando os óculos por completo e segurando-o na mão direita.

— Bom, foi você que disse que não passamos de uma mentira...

— Eu fiquei assustada — confessei. — De ver a mensagem que você recebeu do seu ex, com medo de que a nossa relação não fosse nada perto do que vocês tiveram. De não poder te oferecer o mesmo que um relacionamento de verdade exige.

— Pietra, tudo que eu mais quero na vida é não ter nada perto do que tive com ele. Nossa relação não era boa, eu te falei. E não sinto falta do Bruno. Isso é passado. Lá em Peruíbe, quando recebi aquela mensagem dele, eu só... fiquei um pouco confuso. Não sobre *ele*, sobre *nós*. Ele entrou em contato pra contar que falou com minha irmã e dizer que eu já devia saber do noivado. Eu nem respondi direito, porque tanto faz! Não me importo de verdade. Naquela hora eu só conseguia pensar se *a gente* também tava começando um relacionamento. Toda a história de namoro de mentira e o que já tava sentindo por você... era confuso. — A expressão de Eric se suavizou e seus olhos continuavam intensos em cima de mim. — E isso de oferecer o que um relacionamento de verdade exige... eu não quero nada de diferente do que a gente viveu junto.

Mordi os lábios para não entregar o sorriso enorme que queria surgir no meu rosto, mas, pelo brilho divertido que vi nos olhos de Eric, soube que falhei.

— Sabe — falei —, você não imagina o quanto me segurei pra não atravessar o corredor e bater na sua porta.

— Você devia ter feito isso. Eu senti sua falta.

— Nem me fala! — exclamei, apontando com o dedão para o cachorro que cochilava no sofá. — Se eu precisasse passar mais um dia sem ver o Bombom, ia ter que sequestrar ele de verdade.

Eric abriu um sorriso maior e mais sincero, balançando a cabeça. Dei dois passos para mais perto, parando bem à sua frente e me deixando ser vencida pelo encanto que ele parecia ter sobre mim. Levantei a mão e passei os dedos delicadamente sobre os seus lábios.

— É meio absurdo o tanto que senti saudade desse inferno de sorriso.

Senti o hálito quente de Eric contra meus dedos quando ele riu e todo o meu corpo vibrou. Deslizei a mão da boca dele para a nuca e me coloquei na ponta dos pés, aproximando nossos lábios e estremecendo ao sentir sua respiração emaranhada à minha. Fechei os olhos, pronta para matar as saudades, mas o sussurro de Eric me interrompeu:

— O que você tá fazendo?

Franzi a testa e abri os olhos para encará-lo.

— O que você acha que eu tô fazendo?

Eric meneou a cabeça.

— Não, eu entendi, mas... por quê?

Meu coração inflado de esperança foi perfurado naquele instante. Talvez eu tenha criado expectativas demais e entendido tudo errado. Dei um passo para trás, deixando o calor do corpo dele longe o suficiente para não ser uma tentação, e pigarreei, procurando a resposta certa, mas Eric foi mais rápido do que o meu raciocínio:

— Pietra, eu preciso saber se você ainda acha que fui um erro. — Ele esticou o braço para acariciar o meu ombro, e eu aproveitei cada segundo de seu toque. — Sei que começamos com uma mentira, mas preciso te ouvir dizer que não acredita mais no que disse pro Lunito em Peruíbe.

Meu coração estava a ponto de rasgar meu peito.

— Claro que não acredito! Não acreditava nem quando falei aquilo! Eu só tava com medo de virar a sombra de um relacionamento... — Fiz uma careta antes de continuar. — E também não sabia direito como me permitir gostar de alguém.

Eric abaixou a cabeça para observar meus dedos por um longo tempo, demorando tanto que quase achei que ele iria se afastar e ir embora sem dizer nada. Quando Eric olhou para cima e me encarou, sua voz carregava um milhão de dúvidas em uma só:

— Isso mudou?

— É muito difícil não mudar quando se tem um vizinho que é um cara tão legal, lindo e irritante pronto pra fingir ser seu namorado e te beijar de vez em quando. — Repousei de novo as mãos nos ombros de Eric e sorri ao ver o brilho de volta em seu olhar. — Sim, eu mudei.

Os braços de Eric ganharam vida. Ele jogou os óculos que ainda segurava sobre a mesinha de centro, enlaçando minha cintura e aproximando meu quadril do seu, me puxando para mais perto.

— E agora você quer me beijar? — perguntou ele, com os olhos semicerrados.

— Se possível, por favor — respondi, sorrindo.

Não precisei dizer mais nada; em meio segundo, a boca de Eric estava cobrindo a minha, me buscando com a mesma urgência e paixão que eu sentia. Eu adorava sentir as mãos de Eric na minha cintura, sua respiração sincronizada com a minha, seu perfume parecendo impregnar minha pele... Quase podia sentir os cantos dos meus olhos ficarem úmidos enquanto minha cabeça ficava leve e minha pele parecia formigar. Não o queria nunca mais longe de mim.

Nossos lábios ainda roçavam quando Eric murmurou:

— Eu não tenho nada contra a ideia de você me usar pra saciar os seus desejos carnais — nem esperei ele continuar antes de revirar os olhos —, mas você sabe que não quero ser só o vizinho que te beija de vez em quando, né?

Ouvir Eric dizer aquilo era um pouco assustador, e muito maravilhoso. Ao mesmo tempo em que a possibilidade de abrir meu coração para outra pessoa me enchia de medo, eu soube naquele momento que era tarde demais para voltar atrás. Não consegui ignorar todos os sentimentos que borbulhavam dentro de mim e, sem saber em qual exatamente focar, toquei a bochecha de Eric com as pontas dos dedos e tentei expressá-los.

— Acho que eu te amo. — Contorci todo o rosto em uma careta. — É muito cedo pra dizer isso? Quantos meses a gente devia esperar? Ou talvez eu devesse ter deixado você falar primeiro. Eu *sei* que isso é besteira, mas agora eu tô me sentindo besta e vulnerável e...

Eric calou meus lábios suavemente com seu dedo indicador.

— Se você tivesse prestado um pouquinho mais de atenção, já teria percebido há muito tempo o que eu sinto por você. Na verdade, acho que é a única que ainda não percebeu. — Eric encostou a testa na minha, sustentando o meu olhar. — Eu também te amo, Pita.

Meu coração já tinha perdido a compostura e talvez eu nem estivesse mais viva, porque nada daquilo parecia real. Eu me sentia dentro de um sonho, mas não iria me esforçar nadinha para acordar.

Fiz outra careta e balancei a cabeça, afastando a mão de Eric para poder falar:

— Isso foi meio brega.

Eric riu e segurou meu queixo entre os dedos, encaixando sua boca na minha.

— A gente vai ficar quietinho agora pra você não estragar o momento, tá?

Os lábios de Eric mais uma vez estavam colados aos meus, atrapalhando meu sorriso enorme, mas tudo bem.

Eu teria muito outros momentos para sorrir.

E de verdade.

Epílogo

MESES DEPOIS...

Eu não costumava ficar tão nervosa antes de apresentações, mas aquela noite era diferente.

Meus alunos estavam uma pilha, e fui contagiada pelo sentimento, apesar de me esforçar para não transparecer. Foram dois meses ensaiando para a apresentação de fim de ano; eles estavam preparados. Além do mais, era muito mais sobre se divertir do que qualquer outra coisa.

Ajudei a afinarem os violões e repassei trechos das músicas com alguns, enquanto Lunito fazia os últimos ajustes no palco. Não tinha muito mais que eu pudesse fazer, e isso me deixava ainda mais nervosa. Parecendo sentir isso, Eric surgiu de repente e me levou para fora por alguns segundos, me mantendo pressionada entre seus braços. Foi relaxante, mas não o suficiente para eu esquecer o quanto aquela noite era importante.

— E se minha mãe ainda achar que tô desperdiçando minha vida? E meu pai pode me olhar daquele jeito meio triste de quando ele lembra do fim do Semba.

Eric segurou meu rosto entre as mãos e beijou meus lábios delicadamente.

— Relaxa, Pita. Vai ficar tudo bem.

— É fácil pra você falar, eles te amam.

Eric abriu um sorriso enorme.

— Isso é verdade.

Revirei os olhos. Pelo menos meu namorado tinha conseguido me distrair.

Namorado. De verdade. Foi menos estranho do que imaginei que seria começar a chamá-lo assim. Talvez o grande segredo para evitar esse tipo de situação fosse sempre começar a fingir namorar a pessoa com quem quer se relacionar de verdade no futuro. Ou talvez eu não seja a melhor pessoa para dar conselhos amorosos.

Não demorou muito para minhas amigas chegarem junto com meus pais. Todos se sentaram nos lugares que Eric tinha reservado, o mais perto possível do palco. E, além deles, os pais de todos os alunos e até alguns membros curiosos da vizinhança pareciam ter decidido marcar presença. Lunito estava explodindo de felicidade.

O primeiro Festival de Talentos do Espaço Deolinda Madre começou às sete. O público estava animado e todos nós nos bastidores tremíamos de expectativa e nervosismo.

Primeiro se apresentaram os grupos de dança. Foram três coreografias de três turmas diferentes, de idades também distintas. Era legal ver como aquele lugar era importante para grupos tão variados de pessoas. Depois começaram as apresentações dos meus alunos. Alguns preferiram formar dupla, dividindo os acordes e as letras, e se saíram muito bem nisso! Eu estava cheia de orgulho de ver o quanto eles tinham evoluído desde que comecei a dar aula.

Alice foi um brilho à parte. Sozinha no centro do palco, a garota soltou um vozeirão maravilhoso e não errou um acorde sequer. Ela respirava música e dava para ver isso em sua apresentação. Espiei a plateia e vi sua mãe com cara de boba, admirada com o talento da filha. Aquilo fez minha noite.

Não precisava de mais nada, tudo estava perfeito.

Apesar disso, eu tinha um presentinho especial para os meus convidados.

Quando chegou o fim de todas as apresentações, fui ao centro do palco junto com Lunito e pedi que ele me cedesse espaço por uns minutinhos. Sem entender muito bem o que eu estava planejando, mas com os olhos grudados no violão que estava em minhas mãos, ele saiu do palco, indo se juntar à minha família na primeira fileira.

Puxei a banqueta para o centro novamente e ajustei o microfone para o meu tamanho. Sentada com o violão no colo, respirei fundo e finalmente me expliquei:

— Sei que estamos aqui hoje pra celebrar nossos alunos, mas queria pedir licença pra poder fechar a noite me apresentando. Gostaria de compartilhar com vocês uma música muito especial pra mim e pra todas as pessoas que amo. Acho que todo mundo conhece essa.

Cravei o olhar no braço do violão e comecei a tocar sem prestar atenção em mais nada. Não era a primeira vez que eu tocava aquela música; ainda era adolescente quando aprendi os acordes certos. Dei algumas adaptadas para soar melhor numa versão acústica. Os versos estavam tão vivos na minha mente que eu poderia cantá-los sem errar uma conjunção sequer.

Não estava nem no segundo verso de "Balela" quando percebi o público se animando, alguns até arriscaram me acompanhar. Todos conheciam o grande sucesso do Semba e muitas vozes se juntaram à minha quando cheguei ao refrão pela segunda vez. Minha surpresa, porém, foi ver papai e Lunito se levantarem e começarem a bater palma. Encarei os dois e quase me desfiz em lágrimas quando vi o rosto lavado de papai. Mamãe continuava sentada, mas um pequeno sorriso tinha aparecido nos seus lábios.

Recebi o calor do público quando acabei e corri do palco para receber o carinho dos meus alunos e poder devolver muitos elogios para eles.

Quando encontrei minha família na saída, quase fui sufocada pelo abraço apertado que meu pai me deu de surpresa. Ele estava tão feliz que mal conseguia pronunciar palavras, e isso me deixou ainda mais contente.

Minha mãe bateu no ombro de papai.

— Será que dá pra dividir a filha? — Eu ainda estava rindo quando me afastei do meu pai e virei na direção dela. Mamãe acariciou minha bochecha. — Você tava linda lá em cima.

— Obrigada, mãe.

Ela me deu um beijo no rosto, o que significou muito para mim. Nada mais importava se ela estava ali, pronta para estar do meu lado quando eu precisasse.

Dois braços enlaçaram minha cintura e fui puxada para trás, e repousei as costas contra o corpo de alguém. Não precisei me virar para saber que era Eric. Ele colou a boca no meu ouvido e murmurou no tom da música:

— Não *era só balela, meu coração é mesmo dela. Delaaaaa. Balelaaaaa.*

Joguei a cabeça para trás, repousando a nuca no peito dele e o encarando.

— Tá feliz?

Ele sorriu e se curvou para dar um beijo na pontinha do meu nariz.

— Com você, sempre.

Agradecimentos

A Pita e o Eric estão comigo há tantos anos que sinto que preciso começar isso aqui agradecendo *a eles*. Muito obrigada por terem invadido meu cérebro sem serem convidados e por não terem me deixado desistir da história de vocês, mesmo com todos os altos e baixos. No fim, deu certo: vocês foram pro mundo e agora estão nos corações de outras pessoas também. Espero que sejam amados por elas assim como foram e sempre serão por mim.

Agradeço à Tassi, por ser uma agente incrível, que está sempre lá quando necessário e com quem sei que posso contar (e por visualizar o Kenta Sakurai como Eric junto comigo). Um alô, na verdade, para toda a equipe da Agência Três Pontos: ao Jackson, por aturar minhas palhaçadas; à Dry, por ser tão motivadora; ao Dante, que se empolgou com esse livro logo na primeira versão (que era uma bagunça, rs); e à Emily, que nunca me pediu nada, apenas uma cena do Eric e da Pietra conversando na cama (que sobreviveu mais ou menos às edições, rs).

Agradeço a todos da Alt, porque esse livro só chegou na mão dos leitores com a ajuda de uma galera muito maravilhosa. Principalmente à minha editora, Paula, por toda paciência e cuidado com meu texto e por nunca me deixar esquecer de beber água nas Bienais; assim como a todas as pessoas que participaram do processo de tornar esse livro o que ele é. Mais um "obrigada" extra: à Vero, que acreditou em *Balela* e me levou para a Alt, mesmo não tendo trabalhado neste livro comigo.

À Laura, que, além de ser minha inspiração na escrita no geral, ainda tentou emplacar uma competição comigo quando eu não estava conseguindo terminar o manuscrito de *Balela*. E foi assim que perdi uma aposta e fui obrigada a assistir vários filmes de *Velozes e Furiosos*. Quem viveu sabe.

Ao meu amado quilombinho: Lavínia, Lorrane e Olívia. Sempre juntas!

A meus queridos grupinhos de amigues, em especial às minhas PEIXINHAS e a AFB, que apoiam minha escrita e me fazem rir sempre. Se não fosse por vocês, eu provavelmente escreveria mais, porque procrastinaria menos, mas não trocaria isso por nada!

Muito, muito, muito obrigada à minha família, que não para de me apoiar um segundo sequer e que vivia perguntando "quando sai o próximo livro?". Obrigada, mãe (Solange), pai (Dorival), meus irmãos (Junior e Danilo), minha cunhada (Regina) e minhas sobrinhas (Iolanda e Tarsila). Pronto, dessa vez eu escrevi o nome de todo mundo, viu?

À Éponine, porque, por trás de toda autora, existe um pet atormentando sua vida, e a minha seria bem menos alegre sem minha gata.

E, se eu ainda escrevo e publico histórias, é pelo apoio que recebo de todos os leitores que me enchem de carinho e amor quando falam sobre meus livros. Então, MUITO obrigada, por todo apoio e por terem esperado pacientemente por um novo livro meu!

Este livro, composto na fonte Fairfield,
foi impresso em papel Lux Cream 60g/m² na gráfica Santa Marta.
São Bernardo do Campo, Brasil, março de 2025.